KB240831

Hye Won World Best

Hye Won World Best

Hye Won World Best 70

이상한 나라의 앨리스

루이스 캐럴 지음
봉현선 옮김

惠園出版社

다시 꿈 같은 일이 일어나고 있었다.
반 병쯤 마셨을 때 그녀가 예상했던 것보다도 더 빨리
그녀의 머리는 천장까지 닿아 목이 부러지지 않도록 고개를 숙여야 했다.
그렇게 되자 그녀는 당황하여 병을 내려놓았다.

이·상·한·나·라·의·앨·리·스

차 례

제1장 토끼 굴로 떨어진 앨리스

앨리스는 언덕 위에서 책을 보고 있는 언니 곁에 앉아 있는 것이 따분하고 지겨웠다. 언니가 읽는 책을 한두 번 넘겨다보았지만 그 책에는 그림도 없었고, 대화도 한 줄 보이지 않았다.

'재미도 없는 저런 책을 왜 읽는다지?'

앨리스는 생각만 해도 짜증스러워졌다.

마침내 앨리스는 언덕 밑에 펼쳐진 풀밭에서 데이지꽃이나 꺾어 목걸이나 만들어 볼까 하는 생각을 해 보았다. 그러나 곧 그것도 귀찮을 것 같아 망설이고 있었다. 따스한 햇살 속에 앉아 있으려니 졸음이 쏟아져 머리는 텅 비고 온몸이 나른한 상태였기 때문이다. 그때 어디서 나타났는지 갑자기 눈알이 빨갛고 털이 온통 하얀 토끼 한 마리가 그녀 앞에 나타났다.

그것은 그다지 놀랄 만한 일은 아니었다.

"큰일났네! 이러다간 지각하겠는걸."

그 토끼가 이렇게 중얼거리는 것을 듣고도 앨리스는 놀라지 않았다. 나중에 생각해 보니 놀라지 않은 게 이상한 일이었으나 그 당시에는 너무 자연스러운 것처럼 느껴졌다.

토끼가 조끼 주머니에서 시계를 꺼내 들여다보고는 서둘러 뛰

　어가기 시작했다. 바로 그때 앨리스는 놀란 듯 벌떡 일어났다. 토
끼가 조끼를 입는다거나 시계를 가지고 다닌다는 이야기는 한 번
도 들어 본 적이 없다는 생각이 불현듯 들었던 것이다.

　앨리스는 호기심으로 가득 차 토끼의 뒤를 쫓아 들판을 가로질
러 뛰어갔다. 그리고 언덕 아래의 굴로 뛰어 들어가는 토끼의 모
습을 발견했다. 앨리스는 토끼의 뒤를 따라 굴로 들어섰다. 밖으
로 다시 나오는 방법 따위는 조금도 염두에 두지 않았다.

　굴 속은 한동안 기차 터널처럼 반듯하게 뚫려 있는 것 같더니
갑자기 밑으로 쑥 꺼졌다. 전혀 예상하지 못한 상황이라 멈춰서야
한다는 생각을 할 틈도 없었다. 앨리스의 몸은 공중으로 붕 뜨는
듯하더니 깊고 깊은 우물 같은 구덩이 속으로 떨어져 내리고 있
었다.

구덩이가 끝없이 길기도 했지만, 매우 느린 속도로 떨어져 내리고 있어 충분히 주위를 살필 수 있었다. 그리고 앞으로 어떤 일이 닥칠까 하는 기대와 염려도 할 수 있었다. 먼저 밑을 내려다보며 도대체 자신에게 무슨 일이 일어나고 있는지를 알아보려고 애썼다. 그러나 너무 깜깜해서 아무것도 보이지 않았다.

앨리스는 정신을 가다듬으며 구덩이의 벽을 살펴보았다. 그리고 곧 놀라서 벌어진 입을 다물 수가 없었다. 주위는 다름아닌 찬장과 책장으로 꽉 들어차 있었고 곳곳에 지도나 그림 따위가 걸려 있는 것이 아닌가. 너무도 신기한 생각에 선반 위에 얹혀 있는 항아리 하나를 집어들었다. 그것은 자신이 너무나 좋아하는 '오렌지 마아말레이드'라는 라벨이 붙어 있었지만 항아리는 텅 비어 있었다. 하지만 항아리를 던져 버릴 수는 없었다. 혹시 아래에 누군가가 있다면 다치게 할 수도 있기 때문이었다. 앨리스는 계속 아래로 떨어져 내리면서도 그것을 어느 선반 위에 조심스럽게 올려놓았다. 그리고 그런 행동을 한 자신이 조금 놀라웠다.

'어쩜! 이렇게 떨어지면서도 누가 다칠까 봐 걱정하고 있다니! 식구들이 이걸 알면 날 얼마나 대견스러워할까? 하지만 난 절대로 말하지 않을 거야. 이대로 우리 집 지붕 위로 떨어진다고 해도 말이야!'

앨리스는 계속 느린 속도로 아래로 떨어져 내리고 있었다.

"어휴, 지금까지 몇 마일이나 떨어져 내렸을까? 아마 지금쯤 지구 중심부 가까이 왔을지도 몰라. 그게 얼마더라? 그래, 한 4천 마일쯤 된다고 했어……."

앨리스는 큰 소리로 말했다.

왜냐하면 과학 시간에 이런 것들을 배운 적이 있었다. 지금은 아무도 듣는 사람이 없어 자신의 지식을 자랑하기에 좋은 기회가 아니었으나 그래도 소리내어 말한다는 것은 좋은 연습이 될 것이라는 생각이 들었다.

"그래, 그 정도 거리쯤 될 거야. 그렇다면 위도나 경도는 얼마나 될까?"

사실 앨리스는 위도나 경도에 대해서 별로 아는 것이 없었지만 이럴 때 그럴 듯한 말을 할 수 있는 자신이 멋지게 여겨졌다. 그래서 계속 자신이 생각해 낼 수 있는 단어들은 모두 떠올리며 아는 척을 했다.

"하지만 이러다간 지구를 뚫고 나가게 되겠는걸! 머리를 땅으로 향하고 걷는 사람들을 만나게 되면 얼마나 재미있을까! 틀림없이 물구나무서기를 하고 걷겠지?"

앨리스는 방금 한 말을 아무도 듣지 않은 것이 다행으로 여겨졌다. 자기가 생각해도 우스운 이야기였기 때문이다.

"안 되겠어. 이곳이 어느 나라인지 물어 봐야지. 저, 말씀 좀 여쭙겠습니다만 여기가 뉴질랜드인가요, 아니면 오스트레일리아인가요?"

앨리스는 이렇게 말하면서 예의를 차려 목례를 했다. 허공으로 떨어져 내리면서 이렇게 인사를 할 수 있다는 게 이상하기만 했다.

'정말 이런 일이 가능한 일인가? 그리고 만약 누군가가 내 얘기를 듣기라도 한다면 날 얼마나 무식한 아이라고 생각할까? 아냐, 아무것도 물어 보지 말자. 어딘가에 틀림없이 쓰여 있을 거야.'

한동안 입을 다물고 떨어져 내리던 앨리스는 별로 할 일이 없어 다시 중얼거리기 시작했다.

"다이나가 오늘 밤 날 애타게 찾을 거야. 내가 왜 그 생각을 못했지?"

다이나는 그녀가 사랑하는 고양이였다.

"차 마시는 시간에 우유를 줘야 할 텐데……. 귀여운 다이나, 지금 네가 내 옆에 있다면 얼마나 좋겠니? 이런 허공엔 쥐가 없어서 걱정이지만 박쥐는 있을 거야. 박쥐는 쥐하고 거의 비슷하게 생겼거든. 하지만 과연 고양이가 박쥐를 먹을까……?"

앨리스는 갑자기 졸음이 쏟아지는 것을 느꼈다. 앨리스는 꿈속에서처럼 '고양이가 박쥐를 먹을까? 고양이가 박쥐를 먹을까?' 하다가는 '박쥐가 고양이를 먹을까? 박쥐가 고양이를 먹을까?'로 뒤바뀐 것도 모르고 계속 중얼거리고 있었다. 어차피 대답을 기대하는 게 아니었기 때문에 대상이 좀 뒤바뀌었다 해도 문제될 일은 없었다. 어느덧 잠이 든 그녀는 꿈속에서 다이나와 손을 잡고 다정하게 속삭이고 있었다.

"다이나야, 박쥐를 먹어 본 적이 있는지 솔직히 말해 줄래?"

바로 그 순간 앨리스는 '쿵' 하는 소리와 함께 마른 풀과 나뭇잎이 수북이 쌓인 더미 위로 엉덩방아를 찧으며 주저앉았다. 이제야 어딘가에 닿은 것이었다. 조금도 아프지 않았고, 또 다친 데도 없다는 것을 깨달은 앨리스는 벌떡 일어나 주위를 살폈다. 머리 위쪽은 어두워서 아무것도 보이지 않았으나 그녀 앞에는 길다랗게 길이 나 있었다. 자세히 살펴보니 저 멀리 그 하얀 토끼가 두 귀를 나풀거리며 열심히 뛰어가는 것이 보였다.

앨리스는 재빨리 토끼의 뒤를 쫓아갔다. 길모퉁이를 막 돌아서며 토끼가 중얼거렸다.

"빌어먹을, 거추장스럽게 귀와 수염은 왜 이렇게도 길지! 너무 늦어 큰일났는걸."

앨리스는 토끼의 뒤를 바짝 쫓아 모퉁이를 돌아섰다. 하지만 이게 웬일인가! 토끼의 모습은 간데 없고 넓고 긴 홀이 있을 뿐이었다. 천장에 일렬로 매달린 램프 빛으로 인해 홀은 매우 밝았다. 주위에 나란히 있는 문은 모두 하나같이 잠겨 있었다. 그 문을 일일이 열어 보려 했으나 헛일이었다. 앨리스는 홀 한가운데로 물러나오며 어떻게 이곳을 빠져나갈지 궁리를 해 보았다.

그때 문득 다리가 세 개 달린 탁자가 눈에 띄었다. 온통 두꺼운 유리로 되어 있는 것이었다. 자세히 보니 그 위에 자그마한 황금 열쇠가 있었다. 그것을 본 순간 앨리스는 그것이 어느 문의 열쇠일 것이라고 생각되었다. 그러나 자물쇠가 너무 큰 것인지, 열쇠가 너무 작은 것인지 하나도 맞는 게 없었다. 그래도 포기할 수가

없어서 다시 한번 돌아가며 맞춰 보는 도중 한쪽에 낮게 드리워진 커튼이 눈에 들어왔다. 처음에는 당황하여 미처 못 본 것이었다. 그것을 들추니 높이가 40센티 정도의 자그마한 문이 나타났다. 혹시나 하는 생각으로 황금 열쇠를 자물쇠에 꽂으니 꼭 맞았다.

문을 열자 쥐구멍만한 구멍이 나 있었다. 무릎을 꿇고 그 구멍을 들여다보니 이제껏 본 적이 없는 아름다운 정원이 보였다.

"이 홀에서 나가 저 아름다운 꽃밭과 분수 사이를 걸을 수 있다면 얼마나 좋을까!"

그러나 그 구멍으로는 그녀의 머리조차 빠져나갈 수 없었다.

"하지만 머리만 빠져나간다고 해도 무슨 소용이 있담! 어깨가 걸릴 텐데……. 내 몸을 망원경처럼 작게 접을 수 있다면 얼마나 좋을까! 어쩌면 그렇게 할 수 있는 방법이 있을지도 몰라."

이상한 일이 연속적으로 계속되자 앨리스는 어느 새 불가능한 일은 없다고 생각하기 시작했다.

작은 문 옆에 있어 봐야 별 소용이 없다는 걸 깨달은 앨리스는 문에 맞는 열쇠가 있든지, 망원경처럼 몸을 줄어들게 하는 방법이 적힌 책이 있어 주기를 막연히 기대하며 테이블이 있는 곳으로 돌아왔다. 그러나 테이블 위에는 작은 병이 하나 있을 뿐이었다.

"그것 참 이상하다. 아까는 분명히 없었는데……."

앨리스는 이렇게 중얼거렸다. 그 병의 목 부분에는 '마시세요!' 라는 커다란 글씨가 쓰인 종이가 매달려 있었다. 그대로 마실 수도 있었지만 앨리스는 침착했다.

"아냐, 먼저 잘 살펴봐야 해. 어쩌면 '독' 이라는 글자가 있는지도 몰라."

앨리스는 자신을 타이르듯 말했다. 그녀는 책을 많이 읽었기 때문에 커다란 위험이나 불행한 일이 어떻게 생기는지 누구보다도 잘 알고 있었다. 그러나 염려했던 것과는 달리 그 작은 병에는 어디를 살펴봐도 위험하다는 표시가 없었다.

앨리스는 모험을 해 보기로 결심하고 병을 입으로 가져갔다. 그 맛은 말로 설명하기가 어려웠다. 뭐라고 할까? 버찌 파이, 파인애플 주스, 칠면조 튀김, 버터를 듬뿍 바른 토스트 등을 몽땅 하나로 섞어 놓은 것 같다고나 할까? 그녀는 단숨에 마셔 버렸다.

"정말 이상한 기분이야. 내 몸이 마치 망원경처럼 줄어든 것 같아!"

그것은 사실이었다. 그녀의 키는 기껏해야 30센티가 될까말까 하게 줄어들어 있었다. 순간 앨리스의 표정이 환하게 밝아졌다. 이제는 저 아름다운 정원으로 나갈 수 있게 된 것이다.

앨리스는 곧장 문으로 달려갔다. 그러나 너무 서두르는 바람에 문에 이르러서야 열쇠를 가져오지 않았다는 게 생각났다. 테이블이 있는 곳으로 급히 달려온 앨리스의 얼굴은 금세 굳어지고 말았다. 열쇠가 있는 테이블 위는 이제 그녀로서는 까마득히 높은 곳이었기 때문이었다. 그래도 최선을 다해 유리 기둥 테이블 다리를 기어오르려 했으나 유리 기둥은 미끄럽기만 할 뿐 잡을 것도, 디딜 곳도 없었다. 아무리 안간힘을 써도 기운만 빠질 뿐이었다. 앨리스는 너무 속이 상해 울기 시작했다.

"바보, 운다고 무슨 좋은 방법이 생기는 건 아니잖아! 그만 그쳐!"

한참을 울고 난 앨리스는 제법 엄한 목소리로 자신을 꾸짖었다. 그리고 눈물을 훔치다가 문득 테이블 탁자 아래에 놓여 있는 조그마한 유리 상자를 발견하였다. 상자를 열자 그 속에는 작은 케이크가 들어 있었다. 케이크에는 아주 작은 건포도로 '드세요'라는 글씨가 예쁘게 새겨져 있었다.

"좋아, 기꺼이 먹을 테야."

앨리스는 자신에게 용기를 주려는 듯 힘주어 말했다.

"이걸 먹고 키가 커지면 열쇠를 집을 수 있을 것이고, 만약 더 작아진다면 문틈 사이로 빠져나갈 수 있을 거야. 그러면 난 저 아름다운 정원으로 나갈 수 있게 되겠지. 내 모습이 어떻게 변하든 그건 상관없어!"

그녀는 우선 케이크를 조금 떼어 먹어 본 뒤 두려운 마음으로 머리에 손을 얹어 자신이 어떻게 변하는지 알아보려고 했다.

"과연 어떻게 되는 걸까? 커지는 걸까, 작아지는 걸까?"

그러나 예상과는 달리 아무런 변화가 없었다. 케이크를 먹는다고 해서 몸에 변화가 생길 리는 없겠지만 신기한 일은 겪은 앨리스로서는 당연히 어리석고 바보스럽지만 그러한 일을 기대했던 것이다. 앨리스는 희망을 잃지 않고 계속 먹었다. 눈 깜짝할 사이에 작은 케이크는 흔적도 없어졌다.

제2장 눈물의 바다

"어머나, 맙소사……!"

앨리스는 비명을 지르고 말았다. 너무 놀라 잠시 할 말을 잊을 지경이었다. 왜냐하면 그녀의 발은 거의 보이지 않을 정도로 길게 늘어나 있었던 것이다.

"안녕, 내 귀여운 발아! 이 세상에서 제일 긴 망원경처럼 주욱 늘어나고 말았구나? 아, 불쌍한 내 발! 이제 누가 네게 신발과 스타킹을 신겨 주지? 난 이제 그렇게 할 수 없을 것 같구나. 너희와는 너무나 멀리 떨어져 있단다. 앞으로 너희들 일은 너희들이 알아서 해야만 할 거야. 하지만 친절하게 대해 줄게."

앨리스는 앞으로의 일을 곰곰이 생각했다.

'만약 친절하게 대해주지 않으면 내가 가고 싶은 곳으로 가 주지 않을지도 몰라. 가만 있자, 그렇지! 올 크리스마스부터는 매년 새 장화를 사 줘야지.'

그리고 그녀는 그 계획을 구체적으로 생각해 보았다.

'배달을 시키면 되겠네.'

그러면서 앨리스는 피식 웃고 말았다.

'자기 발에게 선물을 보내다니! 말도 안 되는 일이지. 그리고

또 그 주소는 얼마나 우스울까? 난로가에 있는 앨리스의 오른쪽 발님에게 사랑하는 앨리스가……'

"어머나, 세상에! 내가 도대체 무슨 상상을 하는 거지?"

바로 그때 그녀의 머리가 천장에 부딪쳤다. 키가 3미터도 넘게 커져 버렸던 것이다. 정신이 번쩍 든 그녀는 테이블 위의 열쇠를 집어들고 정원으로 나가는 문으로 달려갔다.

하지만 이를 어쩌면 좋단 말인가! 그녀가 할 수 있는 일이라곤 그저 옆으로 누워 한쪽 눈으로 정원을 내다볼 수 있는 것뿐이었다. 이제 그 구멍을 빠져나가 정원으로 나간다는 것은 불가능한 일이 되어 버리고 만 셈이었다. 낙심하여 주저앉은 앨리스는 다시 울기 시작했다.

"너처럼 커다란 거인이 울고만 앉아 있다니 부끄럽지도 않니? 제발 울음을 그쳐!"

앨리스는 자신을 꾸짖어 보았다. 그러나 울음은 그치지 않고 계속 나왔다. 분수처럼 솟아나는 눈물을 흘리며 그녀는 계속 울고 있었다. 볼을 타고 흘러내린 눈물은 어느 새 바다를 이루어 발목을 잠그고 있었다.

잠시 후 앨리스는 멀리서 들려오는 발자국 소리를 듣고 황급히 눈물을 닦았다. 정장 차림에 양 손에는 조그만 장갑 한 켤레와 커다란 부채를 나눠 든 그 하얀 토끼였다. 여전히 중얼거리면서 몹시 바쁜 듯 헐레벌떡 뛰어오고 있었다.

"공작 부인을 기다리게 하다니! 아, 얼마나 화가 나셨을까?"

절망적인 상태에서 지푸라기라도 잡고 싶었던 앨리스에게는 토끼의 출현이 여간 반가운 게 아니었다. 그래서 토끼가 가까이 다가오자 애절한 목소리로 토끼를 불렀다.

"토끼님, 저를 좀 도와 주시지 않겠어요?"

그러자 토끼는 화들짝 놀라 손에 들었던 하얀 장갑과 부채를 떨어뜨리며 어둠 속으로 달아나 버렸다.

홀 안은 매우 더웠다. 장갑과 부채를 집어든 앨리스는 부채질을 하며 다시 혼잣말을 시작했다.

"오늘은 정말 이상한 날이군. 어제까지만 해도 아무렇지 않았는데…… 그렇다면 혹시 어젯밤에 내가 변해 버린 게 아닐까? 가만 있자, 오늘 아침 일어났을 때 난 예전과 똑같았나? 조금 이상한 기분이었던 것 같기도 하고…… 하지만 만약 똑같지 않았다면 무슨 문제가 생긴 걸까? 그럼 도대체 난 누구지? 아, 정말 모를 일이야!"

그녀는 자신의 친구들을 떠올려보았다. 그들 중 누군가와 바뀐 것은 아닌지 알아보기 위해서였다.

"그래, 확실히 에다는 아냐."

제일 먼저 생각해 낸 게 가장 친한 에다였다.

"그 아이의 머리는 고수머리인데 지금의 내 머리는 곱슬거리지도 않거든. 그렇다고 마벨도 아닌걸. 난 많은 걸 알고 있지만 그 애는 그렇지 못해. 그 앤 그 애고 난 나야! 그 앤 좀 멍청하잖아? 하지만 정말 난 많은 걸 알고 있을까? 어디 시험해 보자. 4 곱하기 5는 12, 4 곱하기 6은 13, 4 곱하기 7은…… 아니야, 이건 틀린 답인걸? 하지만 구구단이 다는 아니니까. 이번엔 지리를 해 볼까? 파리의 수도는 런던, 로마의 수도는 파리, 로마는…… 아냐, 이번에도 전부 다 틀렸어! 난 아마 멍청한 마벨과 바뀌었나 봐! '작은 악어의 노래'라도 외워 볼까?"

앨리스는 수업 시간처럼 무릎 위에 두 손을 모으고 외우기 시작했다. 그러나 여느 때와는 달리 가사는 뒤죽박죽이 되고 말았다.

새끼 악어 한 마리가
꼬리를 퍼득이며
나일 강의 푸른 물을 퍼올려
황금빛 비늘 위로 뿌리네.

기쁜 듯이 미소지으며
멋지게 발톱을 세우네.
물 속의 친구들을 맞이하는
우리의 귀여운 새끼 악어
…….

"이것도 아냐. 틀렸어!"
앨리스의 눈에는 눈물이 가득 고여 있었다.
"그래, 난 정말 마벨이 됐나 봐. 그렇다면 함께 놀 친구도 없고, 장난감도 하나 없는 가난한 집에서 살아야 해. 그리고 지겹게 공부도 해야 하고……. 아냐, 난 결심했어. 내가 만약 마벨이라면 난 여기서 절대로 나가지 않을 거야. 사람들이 와서 '어서 올라오너라, 애야!' 하고 부르면 난 올려다보면서 이렇게 말할 거야. '먼저 내가 누군지 말해 줘요. 내게 앨리스라고 하지 않으면 난 영원히 올라가지 않을 거예요!' 하지만 그렇게 되면 나는 어쩌지……!"
앨리스는 눈물이 왈칵 쏟아졌다.
"누군가와 이야기라도 할 수 있다면 얼마나 좋을까! 이렇게 혼자 있다간 얼마 못 가서 난 지쳐 버릴 거야."
이렇게 흐느끼며 무심코 자신의 손을 내려다본 앨리스는 깜짝 놀랐다. 토끼가 떨어뜨리고 간 조그만 장갑을 시나브로 자신의 손에 끼고 있었던 것이다.

"아니, 그럼……?"

그녀는 어쩌면 자신이 다시 작아진 것이라고 생각했다. 그녀는 벌떡 일어나 테이블이 있는 곳으로 달려갔다. 다시 놀라운 일이 벌어지고 있었다. 그녀는 60센티 정도로 줄어들어 있었고, 더욱 놀라운 것은 계속 줄어들고 있다는 사실이었다. 순간 앨리스는 자신의 키가 이렇게 줄어드는 것은 손에 들고 있는 부채 때문이라고 생각되었다. 그래서 재빨리 부채를 던져 버렸다. 계속 줄어들다간 아주 없어져 버릴까 봐 두려웠기 때문이었다.

"하마터면 큰일날 뻔했지 뭐야."

앨리스는 이 같은 갑작스러운 변화에 매우 놀랐지만 그래도 아직은 자신이 존재한다는 사실이 너무 기뻤다.

"이제야말로 정원으로 나갈 수 있겠구나!"

앨리스는 날아갈 듯이 그 작은 문으로 달려갔다. 그러나 안타깝게도 작은 문은 잠겨 있었고, 황금 열쇠는 그대로 유리 테이블 위에 놓여 있었다.

"상황이 더 악화되고 말았어!"

앨리스는 또다시 절망했다.

"이렇게 작아져 본 적은 한 번도 없었어! 이제 모두 다 틀렸어!"

이렇게 한탄하고 있을 때 발을 헛디뎌 그녀는 가슴까지 올라오는 짠 물 속에 빠져 버렸다.

그녀는 문득 바다에 빠졌다는 생각이 들었다.

"그렇다면 기차를 타고 돌아가면 되겠구나."

앨리스는 옛 기억을 더듬으며 중얼거렸다. 부모님을 따라 단 한 번 바닷가에 가 본 적이 있는 그녀는 바닷가 별장 바로 뒤에 기차역이 있는 것을 기억하고 있었다. 그러나 다음 순간 자신이 빠진 곳이 바다가 아니라 키가 3미터쯤 커졌을 때 자신이 흘린 눈물이라는 것을 깨달았다.

"그때 그렇게 울지만 않았더라도 이런 일이 없었을 텐데!"

앨리스는 뒤늦게 후회하며 이리저리 헤엄을 쳐 나갈 곳을 찾고 있었다.

"울보라서 내 눈물에 내가 빠지는 벌을 받는 거야! 정말 이상해. 오늘은 모든 게 이상하기만 한 날이야."

바로 그때 멀지 않은 곳에서 첨벙거리는 소리가 들려왔다. 앨리스는 소리나는 쪽으로 헤엄을 쳐서 다가갔다. 괴물처럼 커다란 동물 한 마리가 헤엄을 치고 있었다. 처음엔 그 동물이 하마나 해마

가 아닐까 하는 생각을 했으나 곧 생쥐라는 것을 알 수 있었다. 자기가 그만큼 작아진 것이었다. 그 생쥐도 자기처럼 눈물의 바다에 빠졌던 것이다.

'생쥐에게 말을 걸어 봐야 무슨 소용이 있을까?'

앨리스는 잠시 생각에 잠겼다.

'하지만 이곳은 이상한 곳이니까 이 생쥐도 말을 할지도 모르지. 어쨌든 손해볼 것 없으니까 한번 해 보자.'

이렇게 생각한 앨리스는 서슴없이 생쥐에게 말을 걸었다.

"얘, 생쥐야. 이곳에서 빠져나가는 길을 알고 있니? 난 지쳐서 계속 헤엄을 칠 수가 없단다."

그러나 생쥐는 이상하다는 듯 작은 눈으로 그녀를 바라보기만 할 뿐 아무 말도 하지 않았다.

'영어를 할 줄 모르는 모양이구나.'

앨리스는 속으로 단정지었다.

'어쩌면 정착왕 윌리엄과 함께 온 프랑스 쥐인지도 몰라.'

앨리스가 어렴풋하게나마 기억하고 있는 역사에 대한 지식은 이 정도였다. 더구나 그런 사실이 언제 있었던 일인지에 대해선 알 바가 아니었다.

앨리스는 이런 생각이 들자 망설이지 않고 불어로 말해 보았다.

"너 고양이를 좋아하니?"

불어 교과서에 나와 있는 맨 첫 문장이었다. 그러자 생쥐는 물 위로 펄쩍 뛰어오르더니 새파랗게 질린 표정이 되었다. 놀란 앨리스는 생쥐가 왜 그러는지 금방 알 수 있었다.

"아, 미안해. 용서해 줘."

그녀는 생쥐의 감정을 상하게 했다는 걸 깨달았다.

"난 네가 고양이를 싫어한다는 걸 깜빡 잊고 있었구나!"

"고양이를 좋아하냐고?"

생쥐는 몹시 화가 난 목소리로 부르짖듯 말했다.

"만약 네가 나라면 고양이를 좋아하겠니?"

"글쎄……, 아마 그렇지 않을 거야."

앨리스는 달래듯 말했다.

"화내지 마. 하지만 할 수만 있다면 우리 집에서 키우는 고양이 다이나를 네게 보여 주고 싶어. 다이나를 보기만 하면 너도 고양이를 좋아하게 될 거야. 매우 귀엽고 사랑스럽거든."

앨리스는 천천히 헤엄을 치면서 계속해서 말했다.

"난로가에 앉아 앞다리를 핥거나 얼굴을 씻는 모습은 얼마나 귀여운지 몰라. 또 그 털은 얼마나 부드러운데! 생쥐를 잡을 때의 그 민첩성은 어떻고……. 아, 이런! 또 실수를 하고 말았네!"

앨리스는 놀라 입을 다물었다. 생쥐는 마치 공격을 당하는 것처럼 털을 곤추세운 채 두려움에 떨고 있었다.

"미안, 다이나 이야기는 그만둘게!"

"그래. 우리 가족은 모두 고양이를 싫어해. 두 번 다시 고양이 얘기는 듣기 싫어!"

생쥐는 곤추세웠던 꼬리를 내리며 소리쳤다.

"알았어. 이젠 안 할게."

그리고는 서둘러 화제를 바꾸었다.

"그럼 넌 개는 좋아하니?"

생쥐가 바로 대답하지 않자 앨리스는 열을 올리며 계속 말했다.

"우리 집 근처에는 예쁘고 귀여운 작은 개가 살고 있는데 너에게 보여 주고 싶구나. 반짝이는 눈동자에 긴 갈색 털이 곱슬곱슬

한 테리어 종인데 재주를 이만저만 잘 부리는 게 아냐. 무얼 던지면 재빨리 물어오기도 하고, 음식을 달라고 두 발을 들고 앉아 재롱을 부리기도 해. 그 외에도 재주가 많지만 지금은 잘 기억이 나지 않는구나. 주인은 농부인데 그 개가 무척 쓸모 있다고 자랑이 늘어졌지. 값으로 따지면 수백 파운드가 넘는다고 하더구나. 쥐는 보는 족족 모두 잡아 죽여 농작물에…… 어머나, 또 실수를 했구나!"

앨리스는 안타까운 목소리로 다시 소리쳤다.

"또 널 괴롭힌 셈이 됐구나!"

생쥐는 어느 새 있는 힘을 다해 멀리 도망쳐 그녀를 노려보고 있었다. 이렇게 되자 앨리스는 한껏 부드러운 목소리로 달랬다.

"귀여운 생쥐야, 정말 미안해. 제발 가까이 오렴. 이젠 더 이상 네가 싫어하는 고양이나 개 이야기는 하지 않을게. 맹세해!"

생쥐는 그래도 경계심을 버리지 않고 느린 속도로 천천히 헤엄

을 치며 돌아왔다. 겁에 질린 생쥐는 떨리는 목소리로 말했다.

"어서 물가로 헤엄쳐 나가자. 그런 다음 얘기해 줄게. 내가 왜 고양이나 개를 미워하는지 알게 될 거야."

눈물의 바다에는 앨리스와 생쥐 외에도 오리, 도도 새, 잉꼬, 새끼 독수리와 다른 몇 종류의 짐승들, 그리고 이상하게 생긴 벌레들이 빠져 혼잡을 이루고 있었다. 이 괴상한 집단은 생쥐와 앨리스의 뒤를 따라 물가를 향해 헤엄쳐 갔다.

제3장 코커스 경주와 긴 이야기

하나같이 물에 젖어 털과 가죽이 착 달라붙은 채 날개를 축 늘어뜨리고 육지에 올라와 옹기종기 모여 앉은 짐승들의 모습은 처참했다.

그들에게 있어 가장 급한 문제는 어떻게 하면 빨리 몸을 말릴 수 있을까 하는 것이었다. 앨리스도 오래 전부터 그들과 알고 지냈던 것처럼 스스럼없이 어울려 이야기하고 있었다. 그녀는 특히 잉꼬와 마주앉아 서로 자신의 주장을 내세우느라 한동안 말다툼을 벌이는 중이었다. 마침내 잉꼬가 화를 벌컥 내며 쏘아붙였다.

"난 너보나 나이가 많으니까 더 잘 알아!"

그러나 잉꼬의 나이가 몇 살인지도 모르는 앨리스로서는 수긍할 수 없는 말이었다. 더구나 잉꼬가 끝내 자기 나이를 밝히길 거부하는 바람에 그들의 다툼은 끝나고 말았다.

의견이 분분한 가운데 마침내 권위가 있어 보이는 생쥐가 나섰다.

"자, 이제 모두들 내 말을 들어 봐요. 당장 몸을 말릴 수 있는 방법을 가르쳐 줄 테니까!"

그 말에 동물들 모두 생쥐를 중심으로 둥그렇게 원을 이루고

앉았다. 앨리스도 빨리 몸을 말리지 않았다가는 무서운 감기에 걸릴지도 모른다는 생각이 들어 걱정스런 눈으로 생쥐를 응시했다.

"어험!"

생쥐는 헛기침을 하여 주의를 모은 뒤 목을 가다듬고 이야기를 늘어놓기 시작했다.

"준비가 됐으면 이제 시작하죠. 이건 내가 알고 있는 방법 중에서 가장 빠른 방법이죠. 그것은 동그랗게 둘러앉아 조용히 재미있는 이야기를 듣는 거요. 정착왕 윌리엄은 교황의 은총을 받아 영국을 차지하더니 침략과 정복을 일삼았고, 메르시아와 노덤브리아 백작은……"

"흥!"

잉꼬가 코웃음을 쳤다.

"지금 뭐라고 했죠?"

생쥐가 상을 찌푸리면서도 제법 위엄 있는 목소리로 물었다.

"당신이 뭐라고 했나요?"

"나요? 아, 아뇨."

당황한 잉꼬가 시치미를 뗐다.

"난 당신이 무슨 말을 한 줄 알았소."

이렇게 나무라듯 말하고 난 생쥐는 주위를 둘러보고 난 후 다시 입을 열었다.

"그럼 계속하겠소. 메르시아와 노덤브리아 백작 에드윈과 모르카는 그에게 충성을 맹세했고, 애국적인 캔터베리 대주교 스티갠드까지도 그것을 보고는……"

"뭘 봤다고?"

오리가 끼여들었다.

"그것을 봤단 말이오!"

방해를 받자 생쥐가 버럭 화를 냈다.

"설마 '그것' 이 무엇을 의미하는지 모르시진 않겠죠?"

"내가 찾아 낼 때는 잘 알지."

오리는 여전히 고집스럽게 대꾸했다.

"하지만 내가 찾아 내는 것은 대개 개구리나 풀벌레 따위지. 그런데 대주교가 본 건 도대체 뭐난 말이야?"

그러나 생쥐는 오리의 물음에 아랑곳하지 않고 하던 이야기를 계속했다.

"……그것을 본 대주교는 에드거 에슬링을 충동질해서 함께 윌리엄을 왕으로 추대했소. 처음 얼마 동안은 잘 다스려나가는 듯했지만 윌리엄은 얼마 안 가서 노르만의 흥내를 내며 방자해져서……. 자, 귀여운 아가씨, 몸이 좀 마른 것 같지 않나요?"

생쥐는 갑자기 이야기를 멈추고 앨리스에게로 고개를 돌리며 물었다.

"조금도 마르지 않았어."

앨리스는 퉁명스럽게 대답했다.

"이 방법은 나한테는 효과가 없나 봐."

"그렇다면 좋은 수가 있어."

도도 새가 거드름을 피우며 일어섰다.

"우선 이 방법은 그만두고 좀더 효과적인 방법을 찾아보자구."

"쉬운 말로 해!"

새끼 독수리가 짜증을 내며 나섰다.

"무슨 말인지 도무지 알 수가 없잖아. 너도 뾰족한 방법을 모르면서 괜히 잘난 척하는 거지?"

이렇게 말하고 난 새끼 독수리는 고개를 숙여 입가에 미소를 지었다. 여기저기에서 키득거리는 소리가 들려왔다.

"내가 말하려 했던 것은……."

도도 새의 목소리가 신경질적으로 변했다.

"그것은 코커스 경주를 하는 거야!"

"코커스 경주? 그게 뭔데?"

앨리스가 물었다. 사실 그녀는 별로 관심이 없었으나 도도 새가 누군가가 되묻기를 기다리는 눈치였고, 또 그들 중 누구도 관심을 보이지 않아 마지못해 물은 것이었다.

"코커스 경주가 뭐냐고?"

도도 새는 앨리스를 바라보며 싱긋 웃어 보였다.

"직접 해 보는 게 가장 좋겠지?"

(어느 추운 겨울날 여러분이 그 경주를 해 보고 싶을 때를 대비

해 도도 새가 어떻게 했는지 이야기해 주겠다.)

우선 둥그렇게 경주 코스를 그려 놓았다. 코스의 모양은 아무래도 상관이 없다고 했다. 그곳의 동물들 모두가 코스에 늘어섰다.

출발 신호도 없었고, 각자 마음내키는 대로 뛰기 시작했다. 또 뛰다가 힘들면 아무 때나 그만할 수 있어서 경기가 언제 시작되어 언제 끝났는지도 알 수 없었다. 그럼에도 불구하고 뒤죽박죽인 경기는 30분 이상이나 계속되어 어느 새 동물들의 몸이 완전히 말랐을 즈음 도도 새가 느닷없이 소리쳤다.

"경기 끝!"

그러자 동물들은 누구랄 것도 없이 앞다투어 물었다.

"누가 이긴 거야? 도대체 우승자는 누구지?"

난처한 질문을 받은 도도 새는 모든 동물들이 숨을 죽이고 기다리는 사이에 한 손가락으로 관자놀이를 누른 채 앉아 있다가—그림 속의 셰익스피어의 모습과 비슷한 자세였다—마침내 입을 열었다.

"모두 다 승리자요. 그러니 모두 상을 받아야 합니다."

"하지만 누가 상을 주지?"

동물들이 합창을 하듯 소리쳤다.

"물론 이 아가씨지!"

도도 새가 서슴없이 손가락으로 앨리스를 가리키며 말하자 갑자기 모든 동물들이 그녀의 주위로 모여들어 아우성쳤다.

"상을 줘! 어서 상을 줘!"

당황한 앨리스가 엉겁결에 주머니에 손을 넣어 보았다. 다행히 무엇인가 집히는 게 있어 꺼내 보았다. 사탕이 든 상자였다. 분명 물에 빠졌는데도 어찌된 셈인지 사탕은 녹지 않았다. 앨리스는 사탕을 꺼내 하나씩 상으로 주며 다행이라고 여겼다. 신기하게도 사탕은 동물의 수와 같아서 한 개씩 공평하게 나누어 줄 수 있었다.

"너는 없잖아. 너도 상을 받아야지?"

생쥐가 나서며 말했다.

"당연하지."

도도 새도 점잖은 목소리로 거들었다.

"주머니에 다른 건 없니?"

도도 새가 앨리스에게 물었다.

"골무밖에 없는걸."

앨리스가 풀이 죽어 대답했다.

"됐어. 그걸 이리 줘 봐."

도도 새가 능청스럽게 말했다.

동물들이 다시 그녀 주위를 에워쌌다. 도도 새는 그녀가 준 골무를 도로 건네면서 무게 있게 말했다.

"우리는 귀하가 이 우아한 골무를 받아주시길 진심으로 바랍니다."

이렇게 짧은 연설이 끝나자 동물들이 일제히 환호성을 울렸다. 앨리스는 어처구니가 없어 웃음이 나오려고 했다. 하지만 모두들 너무나 진지한 표정을 짓고 있어서 감히 웃을 수가 없었다. 또 달리 할 말도 없었으므로 고개를 숙이며 자신의 골무를 도로 받아 들었다.

그리고 잠시 후 사탕 때문에 소동이 일어나고 말았다. 몸집이 큰 새들은 사탕이 너무 작다고 웅성거렸고, 몸집이 작은 동물들은 사탕이 목에 걸려 등을 두들겨 주느라고 난리들이었다. 소동이 가라앉자 동물들은 다시 둥그렇게 모여 앉아 생쥐에게 이야기를 해

달라고 조르기 시작했다.

"아까 네가 살아 온 이야기를 해 주겠다고 약속했잖아. 그리고
고양이와 개를 왜 싫어하게 됐는지도……"

앨리스는 생쥐의 기분이 상하지 않도록 귀에다 대고 속삭였다.

"그건 매우 길고도 슬픈 이야기야."

생쥐가 앨리스를 돌아보며 한숨을 쉬었다.

"정말로 긴 꼬리로구나."

앨리스는 생쥐의 꼬리를 내려다보며 말했다.

"그런데 뭐가 슬프다는 거니?"

한번 생각이 엉뚱한 데로 미치자 생쥐의 이야기도 이상하게 들리기만 할 뿐이었다.

우연히 마주치자마자
분노에 찬 개는 생쥐에게
이렇게 말했지.
'나와 함께 재판정으로 가자.
난 너를 심판하겠다.
어서 이리 와.
싫다고 해도 소용없어.
너는 재판을 받아야 해.
오늘 아침 할 일도 없는데
잘됐구나.' 그러자
생쥐는 그 잡종개에게
이렇게 말했지.
'참, 이상한 재판도 다
있군요? 재판장도
배심원들도 없이⋯⋯.
무모한 짓이
아닐까요?'
'내가 재판장도 하고
배심원도 할 거야!'
교활하고 늙은
분노의 여신이 말했지.
'어쨌든 난 모든
수단과 방법을

총 동원해서라도
너에게
사형을
언도할
것이다.

"듣지 않는군. 도대체 무슨 생각을 하는 거지?"
생쥐가 갑자기 얼굴을 일그러뜨리며 소리쳤다.
"미안해, 용서해 줘."
앨리스가 겸연쩍어하며 말했다.
"다시 한 번 해줄 수 있겠지?"
"그럴 순 없어!"
생쥐가 몹시 화난 목소리로 거칠게 소리쳤다.
"제발 부탁해. 한 번만 다시 해 줘!"
앨리스는 조심스럽게 생쥐를 바라보았다.
"내가 딴 생각을 하지 않도록 도와 줘."
"싫어. 그런 짓은 할 수 없어!"
생쥐는 이렇게 말하며 자리에서 일어섰다.
"넌 딴 생각을 하느라 내 얘기를 듣지 않았어. 이건 모욕이야!"
"하지만 일부러 그런 게 아냐."
앨리스는 오해를 풀려고 애썼다.
"넌 별일이 아닌 것에도 화를 내는구나!"
그러나 생쥐는 씩씩거리기만 할 뿐 대꾸를 하지 않았다.
"제발 그만 돌아와서 이야기를 마저 해 줘!"
앨리스의 말에 다른 동물들도 그녀를 따라 일제히 소리쳤다.
"그래, 얼른 돌아와!"

그러나 생쥐는 고개를 좌우로 흔들 뿐 빠른 걸음으로 멀어져 가고 있었다.

"생쥐가 정말 돌아오지 않으면 어쩌지? 정말 유감이야."

생쥐가 멀리 사라지자 잉꼬가 한숨을 내쉬며 말했다. 그러자 옆에 있던 늙은 게가 기회를 놓치지 않고 딸에게 말했다.

"잘 보렴. 흥분해서 이성을 잃어버리면 안 된다는 것을 이런 데서 배워야 해."

"그만두세요, 엄마."

어린 게가 투덜거렸다.

"굴이나 씹으면서 참을성을 배우세요."

"아, 이럴 때 다이나가 있었으면 얼마나 좋을까! 다이나라면 당장 붙잡아 이리로 데려올 텐데."

앨리스가 혼잣말로 중얼거렸다.

"다이나라니? 그게 누구지?"

앨리스는 다이나에 대한 이야기라면 언제라도 할 준비가 되어 있다는 듯 열을 내면서 대답했다.

"다이나는 우리 집 고양이에요. 쥐를 잡는 데는 귀신이죠. 얼마나 빠른지 여러분은 아마 상상도 못 할 거예요. 그뿐인 줄 아세요? 새는 또 얼마나 잘 잡는다구요. 새 잡는 모습을 여러분이 볼 수 있다면 좋을 텐데……. 조그만 새일지라도 눈에 띄는 순간 벌써 먹어치워 버려요."

앨리스는 또다시 실수를 한 셈이었다. 그 중 몇 마리의 새들은 단숨에 날아가 버렸고, 늙은 까치도 앨리스의 눈치를 살피며 주섬주섬 일어서고 있었다.

"이젠 집에 돌아가야겠어. 밤 공기는 몸에 해롭거든."

카나리아가 떨리는 목소리로 새끼들을 불러모았다.

"아가들아. 어서 일어나렴. 잘 시간이란다."

동물들은 모두 그럴 듯한 구실을 대며 그곳을 떠나 버렸다.

앨리스는 다시 혼자가 되었다.

"다이나 이야기는 하지 말았어야 했는데!"

그녀는 울먹이는 목소리로 자신에게 타이르듯 말했다.

"여기서는 모두 다이나를 좋아하지 않는군. 하지만 난 다이나가 이 세상에서 가장 훌륭한 고양이라는 걸 알아! 아, 귀여운 다이나! 널 다시 볼 수만 있게 된다면 얼마나 좋겠니!"

앨리스에게는 또다시 외로움과 절망감이 밀려왔다. 그녀는 마침내 울음을 터뜨리고 말았다. 한참 동안 소리내어 울던 앨리스는 멀리서 다가오는 발자국 소리를 들었다. 그러자 황급히 눈물을 닦고 소리가 나는 쪽을 향해 애절한 눈빛으로 바라보았다. 생쥐가 마음을 고쳐먹고 다시 돌아와 하던 이야기를 마저 해 주길 간절히 바라면서.

제4장 토끼의 심부름

그러나 기대와는 달리 발자국 소리의 주인공은 생쥐가 아니라 하얀 토끼였다. 뚜벅거리며 돌아오는 토끼는 무엇을 찾는 듯이 주위를 두리번거리며 중얼거렸다.

"이러다간 정말 공작 부인에게 혼쭐이 나겠군. 가만있지 않을 텐데. 그러나저러나 도대체 이것들을 어디다 떨어뜨렸지?"

그 말을 듣는 순간 앨리스는 토끼가 부채와 장갑을 찾고 있다는 걸 눈치채고 자연스럽게 그것들을 찾기 시작했다. 그러나 아무리 둘러봐도 눈에 띄지 않았다. 눈물의 바다에 빠진 뒤로 모든 것이 변해 버린 것이었다. 길고 널따란 홀, 유리 테이블, 조그만 문…… 모두가 감쪽같이 사라져 버렸던 것이다.

잠시 후 토끼는 물건을 찾느라고 이곳저곳을 기웃거리는 앨리스를 발견하고는 화난 목소리로 소리쳤다.

"아니, 메리 앤, 여기서 뭘 하는 거지? 빨리 집으로 가서 내 장갑과 부채를 가져와. 당장!"

너무 놀란 앨리스는 토끼가 그녀를 잘못 알아봤다는 걸 알려 주지도 못하고 토끼가 가리키는 방향으로 달리기 시작했다.

"나를 자기 집 하녀로 착각한 모양이지?"

그녀는 달리면서 투덜거렸다.

"내가 누구라는 걸 알게 되면 무척 놀랄걸! 하지만 우선 장갑과 부채를 가져다 주지 뭐."

앨리스는 이윽고 '하얀 토끼'라는 문패가 붙은 산뜻하고 귀여운 집 앞에 이르렀다. 앨리스는 진짜 메리 앤과 맞닥뜨리면 장갑과 부채를 찾기도 전에 쫓겨날 것이라는 불안한 생각을 하면서도 노크도 없이 집안으로 들어가 위층으로 향했다.

"참, 어이가 없군!"

그녀는 자신에게 들으라는 듯이 혼잣말을 했다.

"아니, 내가 토끼의 심부름을 하다니! 이러다간 우리 집 다이나까지 나에게 심부름을 시키겠군!"

그리고 곧 그런 일들을 머리 속으로 떠올려보았다.

'앨리스 양, 빨리 와서 산책할 준비를 해 줘요.'

다이나가 거드름을 피우며 그녀에게 명령하는 모습이 떠올랐다. 그뿐이 아닐 것이다.

'쥐가 도망치지 못하도록 나 대신 쥐구멍을 지켜!'

"하지만 그런 식으로 고양이가 사람인 나에게 명령을 하면 당장 쫓겨날걸?"

이런 엉뚱한 생각을 하는 사이에 그녀는 창문과 탁자가 잘 정리된 방에 이르렀다. 탁자 위에는 그녀가 찾던 부채 하나와 장갑 몇 켤레가 놓여 있었다. 부채와 장갑을 집어들고 막 방을 나가려던 앨리스는 걸음을 멈추었다. 거울 옆에 놓여 있는 자그마한 병이 그녀의 시선을 붙잡은 것이다.

그 병에는 '마시세요'라는 내용의 라벨 같은 건 붙어 있지 않았지만, 앨리스는 망설이지 않고 마개를 따고 들이마셨다.

"분명히 뭔가 재미있는 일이 또 일어날 거야. 뭘 마시거나 먹기만 하면 그랬으니까. 어떤 일이 일어날지 궁금한걸."

앨리스는 재빨리 바라는 것을 말하기 시작했다.

"이걸 마시고 다시 커졌으면 좋겠어. 이젠 이런 작은 모습이 싫어!"

다시 꿈 같은 일이 일어나고 있었다. 반 병쯤 마셨을 때 그녀가 예상했던 것보다도 더 빨리 그녀의 머리는 천장까지 닿아 목이 부러지지 않도록 고개를 숙여야 했다. 그렇게 되자 그녀는 당황하여 병을 내려놓았다.

"이젠 됐어. 더 커졌다간 이 집에서 나갈 수도 없겠는걸. 그런데 혹시 너무 많이 마신 건 아니겠지?"

혹시가 사람을 잡는다더니 그녀의 염려는 기우가 아니었다. 그녀는 이미 너무 커져 버려 마침내 무릎을 꿇어야 했고, 그것도 모자라 드러누워야 했다. 팔을 뻗을 수도 없어 한쪽 팔꿈치로는 문을 누르고 다른 한 팔은 머리를 감싸고 누워야 할 정도였다. 더구나 계속 커지고 있어서 결국 한 팔은 창 밖으로 내밀고, 한쪽 발은 굴뚝 위에 얹고 나서 힘없는 목소리로 말했다.

"이젠 어쩌지? 포기해야 하는 걸까?"

그나마 다행스러운 것은 약물의 효능이 다했는지 더 이상 커지지 않는 것이었다. 그렇다고 해서 좋아할 일도 아니었다. 이렇게 커진 몸으로는 이 집에서 빠져나갈 방법이 없었기 때문이었다.

"집에 가만히 있었어도 아무 일이 없었을 텐데……."

한숨이 절로 나왔다.

"걸핏하면 커졌다 작아졌다 하지를 않나, 토끼나 하다못해 생쥐 같은 짐승으로부터 명령을 받아야 하지 않나…… 애초에 토

끼 굴로 잘못 들어왔어. 괜한 짓을 한 거야. 하지만 괴롭기보다는 흥미있는 일이 더 많으니 어쩌면 좋지? 앞으로 또 무슨 일이 일어날까? 신기하고 재미있는 우화를 읽을 때도 이런 일은 세상에서는 절대로 일어나지 않을 거라고 생각했었는데, 지금 내가 바로 그 주인공이 되어 버린걸. 내가 자라서 어른이 되면 내가 겪은 이 이야길 쓸 거야……. 하지만 난 벌써 이렇게 커 버렸잖아!"

그리고는 슬픔에 가득 찬 목소리로 덧붙였다.

"하지만 이 방 안에서는 더 이상 자랄 수가 없으니까 다행이야. 그렇다면……?"

앨리스는 생각은 엉뚱한 곳으로 방향을 바꾸었다.

"더 이상 자라지 않으면 나이도 먹지 않을 거 아냐? 그것 참 재미있는데. 아무리 나이를 먹어도 할머니는 되지 않겠지? 하지만 그렇게 된다면 언제까지나 학교에 다니고 공부를 해야 되잖아.

아냐, 안 돼! 그럴 순 없어…… 나도 참 바보군!"

그녀는 자신의 생각을 나무랐다.

"여기서 어떻게 공부를 해! 책도 한 권 없고 제대로 앉아 있을 만한 방도 한 칸 없는데!"

그때부터 그녀는 혼자 묻고 대답하기를 되풀이했다. 의견을 달리하는 두 사람이 되어 묻고 대답하는 사이에 밖에서 무슨 소리가 들려온 것 같아 귀를 기울였다.

"메리 앤! 메리 앤!"

하얀 토끼였다.

"장갑과 부채를 가져오라니까 도대체 뭘 하고 있는 거야?"

목소리가 점점 크게 들려왔다. 계단을 올라오는 모양이었다. 토끼의 성난 목소리를 듣는 순간 앨리스는 자신의 몸이 토끼보다 엄청나게 커져 있어 토끼 따위는 두려워할 필요가 없다는 것도 잊은 채 집이 온통 흔들릴 정도로 덜덜 떨고 있었다.

이윽고 문에 다다른 토끼는 문을 열려고 했다. 그러나 문은 앨리스의 팔꿈치가 닿아 있어 꿈쩍도 하지 않았다. 왜냐하면 그 문은 안으로 밀게 되어 있었기 때문이었다. 그러자 화가 난 토끼가 투덜거리는 소리가 들렸다.

"그렇다고 내가 못 들어갈 줄 알아? 밖으로 돌아나가 창문으로 들어갈 테다!"

'미안하지만 그렇게는 안 될걸!'

앨리스는 이렇게 생각하며 토끼가 창문 밑에 올 때까지 기다렸다가 거의 왔다 싶을 때 오른손을 불쑥 창 밖으로 내밀어 휘저었다. 손에 잡히는 건 아무것도 없었으나 작은 비명 소리가 들리면서 무엇인가 떨어지는 소리가 들렸다. 토끼가 오이를 재배하는

온실로 떨어진 것이다.

이어 토끼가 볼멘소리를 질렀다.

"피터, 피터! 어디 있는 거야?"

그러자 이제껏 들어본 적이 없는 목소리가 대답했다.

"예, 여기 있어요, 나리. 사과 굴을 파고 있어요."

"사과 굴을 판다고? 기가 막힐 노릇이군!"

토끼는 울화가 치민다는 듯이 소리쳤다.

"어서 와서 날 꺼내 주지 못해?"

그리고 이어서 유리창 깨지는 소리가 들려왔다.

"이거 봐 피터, 저기 창문에 나와 있는 게 뭐지?"

"그야 물론 팔입죠, 나리."

"무슨 헛소리를 하는 거야? 아니 저렇게 큰 팔이 어디 있어?
창을 가득 메우고 있잖아!"

"물론 그렇긴 하지만 저건 틀림없는 팔입니다요, 나리."

"좋아. 어찌됐든 상관없어. 당장 치워 버려!"

그리고는 한동안 잠잠했다. 들리는 소리라고는 이따금 그들이 멀리서 떠드는 소리뿐이었다.

"나리, 저는 정말 그런 일은 하기 싫어요, 제발……."

"시키는 대로 하지 못하겠어!"

듣고 있던 앨리스는 다시 한번 팔을 뻗어 보이지 않는 허공을 휘저었다. 이번에도 무엇인가가 부서지는 소리가 들리더니 조금 전보다 더 요란하게 유리 깨지는 듯한 소리가 들려왔다.

"무슨 온실이 이렇게 많담?"

앨리스는 다음 일이 궁금했다.

'이제 저들이 어떻게 행동할까? 날 여기서 끌어 낼 테면 끌어 내라지 뭐. 나도 더 이상 이러고 있는 게 싫으니까 잘됐어!'

더 이상 아무 소리도 들리지 않았다. 앨리스는 잠시 동안 묵묵히 기다리고 있었다. 마침내 수레바퀴 소리와 웅성거리는 여러 목소리가 동시에 들려왔다.

"다른 사다리는 어딨어?"

"아니, 내가 왜 두 개씩 가져 와야 하지? 또 하나는 빌이 가지고 오잖아."

"빌! 사다리 이리 가져와! 여기 이 구석에 세워. 아니, 먼저 두 개를 이어야 해. 하나로는 어림도 없겠는걸."

"됐어. 자, 이제 올라가. 조심해!"

"밧줄을 던진다, 빌!"

"저 헐거운 슬레이트를 조심해!"

"야, 떨어진다! 머리 숙여!"

그리고 이어서 요란하게 부서지는 소리가 들려왔다.

"누구야?"

"누구긴 누구야, 빌이지!"

"왜 그런 거야?"

"굴뚝 속으로 누가 들어갈 거야?"

"나? 싫어!"

"그럼 빌이 가야지 뭐."

"이거 봐, 빌! 모두 다 네가 들어가야 한다고 의견이 일치하는데? 어서 들어가 봐."

'저런, 그럼 빌이 내려오겠군.'

빌이 누구인지 전혀 모르면서도 앨리스는 그들의 이야기를 듣는 동안에 동정심이 일었다.

'저들은 왜 모든 일을 빌에게만 떠넘기지? 이곳에 오지 못하게 해야겠어. 벽난로가 너무 좁아서 다칠지도 몰라. 빨리 조처를 취해야지.'

앨리스는 굴뚝 아래로 다리를 뻗고 기다렸다. 이윽고 조그마한 동물이—무슨 동물인지는 짐작할 수 없었다—굴뚝 근처로 다가오는 소리가 들려왔다.

'분명히 빌일 거야!'

이렇게 생각한 앨리스는 순간 발을 냅다 질렀다. 무엇인가 부딪치는 것 같기도 했다. 그리고 무슨 일이 벌어질지 몰라 신경을 곤두세웠다. 그녀의 귀에 들려온 소리는 비명에 가까운 동물들의 외침이었다.

"빌이 하늘에 떴다! 날아간다!"

이어 다급한 토끼의 고함소리가 들려왔다.

"뭣들 하고 있어? 빨리 받아. 빌이 땅에 떨어지기 전에!"

그리고는 어찌된 일인지 잠시 조용하더니 다시 웅성거리는 소리가 들려왔다.

"고개를 받쳐 줘! 어서 브랜디를 가져와! 숨막히겠다. 조심해! 어떻게 된 거야, 빌? 정신이 들어? 얘기 좀 해 봐!"

마침내 가냘픈 목소리가 들려왔다. 숨이 가쁜지 자꾸만 말이 끊어졌다.

앨리스는 그 목소리의 주인공이 빌이라고 짐작했다.

"글쎄, 나도 뭐가 뭔지…… 모르겠어. 정신이 없어서……. 됐어, 그만해. 이제 괜찮아. 내가 기억하는 건 웬 시커먼 바위덩어리 같은 게 다가왔는데, 그 다음 순간 난 로케트처럼 하늘로 떠올랐으니까!"

"그래서 솟아올랐다가 떨어졌구나!"

동물들이 겁에 질린 듯 수군거리는 소리가 들려왔다.

"이 집을 태워야 해."

토끼의 단호한 외침을 들은 앨리스는 깜짝 놀라 있는 힘을 다해 힘껏 소리쳤다.

"만약 그렇게 하면 다이나를 불러 모두 혼내 줄 거야!"

그러자 갑자기 쥐 죽은 듯 조용해졌다. 앨리스는 여전히 불안했다.

'이젠 어쩌지? 저들이 생각이 있다면 지붕을 걷어 낼 텐데.'

얼마나 지났을까? 한동안 잠잠하던 동물들이 다시 웅성거리는 소리와 토끼의 명령이 들려왔다.

"손수레 한 대면 충분할 거야. 자, 시작해."

'손수레에 뭘 가져온 걸까?'

앨리스는 궁금했다. 그러나 곧 그 궁금증은 사라졌다. 바로 그 순간부터 창으로 조그만 돌멩이들이 빗발치듯 쏟아져 들어왔다. 그 중 몇 개는 그녀의 얼굴을 맞혔다.

"더 이상은 안 되겠네."

이렇게 중얼거리고 난 앨리스는 조금 전처럼 소리쳤다.

"그만 두지 못할까! 계속 이러면 가만두지 않겠어!"

그러자 다시 주위는 찬물을 끼얹은 듯 조용해졌다. 문득 방 안을 둘러보던 앨리스는 깜짝 놀랐다. 방바닥에 떨어진 돌멩이들이 하나같이 조그만 과자로 변해 있었던 것이다. 놀라움이 좀 가라앉자 앨리스의 머리에 기발한 생각이 떠올랐다.

'이 과자를 먹으면 또 어떤 변화가 생길 거야. 틀림없어!'

주저할 필요도 없는 일이었다. 재빨리 과자 하나를 집어 입에 넣었다. 곧바로 자신의 몸이 줄어드는 것을 깨달은 앨리스는 얼굴이 환해졌다. 몸이 문을 빠져나갈 만큼 줄어들자 앨리스는 얼른 그 집에서 빠져 나갔다.

뒤뜰에는 조그만 동물들과 새들이 떼를 지어 웅성거리고 있었다. 두더지 두 마리가 불쌍하게도 쭉 뻗은 도마뱀 빌의 머리를 받쳐들고 병에 든 것을 입 속에 넣어 주고 있었다.

앨리스를 발견한 그들이 우루루 쫓아왔다. 걸음아 날 살려라 하고 달리던 앨리스는 울창한 숲 속으로 들어서야 안전하다는 걸 알고 안도의 숨을 내쉬었다.

'이제부터 무엇을 해야 하지?'

앨리스는 숲 속을 걸으며 생각했다.

'우선 본래의 모습으로 커져야 하겠지? 그리고 그 아름다운 정원으로 가는 길을 찾는 거야. 가장 최상의 방법은 그거야.'

앨리스는 그렇게 확신하였다. 웬일인지 만사가 술술 풀릴 것만 같은 생각이 들었다. 무슨 좋은 수가 없을까 하며 숲 속을 기웃거리며 헤매고 있을 때 머리 위에서 날카롭게 짖어대는 소리가 들렸다. 기겁하여 올려다보니 바위 위에서 커다란 괴물이 그녀를 내려다보고 있었다. 그러나 자세히 보니 몸집이 큰 강아지였다. 커다랗고 동그란 눈으로 그녀를 보며 앞발을 뻗어 잡으려고 애쓰고

있었다.

"귀엽게 생겼구나!"

앨리스는 부드러운 목소리로 얼르며 휘파람을 불어 주려 하였으나 잘 되지 않았다. 위험할지도 모른다는 생각이 그녀를 불안하게 했다. 만약 강아지가 몹시 배가 고픈 상태라면 아무리 얼른다 하더라도 그녀를 잡아 먹을지도 모르기 때문이었다.

어찌할 바를 모르던 앨리스는 나뭇가지 몇 개를 집어들어 정신 없이 강아지를 향해 휘둘렀다. 깜짝 놀란 강아지는 엎드려 있다가 벌떡 일어나더니 거칠게 짖어대며 달려들었다. 금방이라도 물어 삼킬 기세였다.

당황한 앨리스는 커다란 엉겅퀴 덤불 뒤로 몸을 숨겼다. 그러나 강아지가 뛰어 넘어올지도 몰라 불안해진 앨리스가 한쪽으로 몸을 내밀자 강아지가 다시 달려들었다. 얼른 몸을 숨긴 앨리스는 그때부터 숨바꼭질을 하듯 이쪽저쪽으로 번갈아가며 몸을 내밀어 강아지를 놀려대기 시작했다. 앨리스를 쫓던 강아지는 한동안 이쪽저쪽으로 뛰어다니다가 뒤로 멀찍이 물러나 혀를 빼물고 헐떡거리며 주저앉아 버렸다.

바로 이때가 기회라고 생각한 앨리스는 있는 힘을 다해 달리기 시작했다. 얼마나 뛰었을까. 숨이 턱에 차고 몸을 움직이지 못할 정도로 지쳐 있었다. 강아지 짖는 소리도 멀리서 아득하게 들려오고 있었다.

"날 괴롭히긴 했지만 그래도 무척 귀엽게 생긴 강아지였어!"

이제 마음이 놓인 앨리스는 미나리아재비 줄기에 몸을 기대고, 그 잎으로 부채질을 하며 쉬고 있었다.

"내가 만약 본래의 모습대로만 될 수 있다면 그 강아질 귀여워

해 주고 남에게 속지 않는 법도 가르쳐 줄 수 있을 텐데…… 아, 그러고보니까 다시 커져야 한다는 걸 깜빡 잊고 있었네. 어쩌지? 뭔가를 먹거나 마셔야 할 텐데. 뭘 먹어야 하는 거지? 이를 어쩌면 좋담!"

바로 그 '무엇'을 찾는 게 급선무였다. 앨리스는 꽃이나 나무, 풀잎 등 주위를 샅샅이 살펴보았다. 그러나 아무리 둘러보아도 먹거나 마실 만한 것은 아무것도 없었다.

그래도 체념하지 않고 살피던 그녀는 마침내 자신의 키와 비슷

한 커다란 버섯을 발견했다. 우선 둘레와 밑부분을 자세히 관찰한 뒤 버섯의 머리 위를 살피기 위해 까치발을 하고 섰다.

　바로 그때 앨리스는 그 위에 앉아 있는 커다란 쐐기벌레와 눈이 딱 마주쳤다. 쐐기벌레는 팔짱을 낀 채 한가하게 앉아 물담배를 빨고 있었다. 하지만 쐐기벌레는 그녀의 출현이나 주위의 일들에 대해선 전혀 무관심한 눈치였다.

제5장 쐐기벌레의 충고

둘은 한동안 말없이 서로 바라보고 있었다. 마침내 입에서 물담 뱃대를 떼어 낸 쐐기벌레가 귀찮다는 듯 가라앉은 목소리로 말했다.

"넌 누구냐?"

앨리스는 첫인사치고는 무례한 말이라고 생각하였으나 그래도 공손하게 대답했다.

"저……, 지금은 제가 누군지 잘 모르겠어요. 오늘 아침까지는 제가 누구였다는 걸 알고 있었지만 그 후로 워낙 여러 번 변해 버려서 이젠 제가 누군지조차……."

"도대체 무슨 소리를 하는 거냐?"

쐐기벌레가 짜증스럽다는 듯이 말했다.

"네가 누구냐니까?"

"죄송합니다만 나는 나를 설명할 수 없어요."

앨리스는 기어들어가는 목소리로 대답했다.

"당신이 보고 있는 저는 나 자신이 아니기 때문에 당신이 만족할 만한 대답을 할 수 없어요."

"무슨 말을 하는지 통 모르겠군."

쐐기벌레가 퉁명스럽게 말했다.

"분명하게 대답하지 못해 정말 죄송해요."

앨리스가 정중하게 말했다.

"저도 이런 상황을 제대로 수긍할 수 없기 때문이에요. 하루에 몇 번씩이나 커졌다 작아졌다 했으니 정신이 하나도 없는 걸요."

"그렇지 않아."

쐐기벌레는 무슨 생각에서인지 고집스럽게 말했다.

"무슨 뜻인지 잘 모르시는 모양이군요?"

앨리스도 조금 짜증스러웠으나 참을성 있게 설명하기 시작했다.

"하지만 당신도 갑자기 번데기로 변했다가 조금 후에는 나방으로 변해 버린다면 아마도 갈피를 잡을 수 없을 거예요. 그렇죠?"

"그렇지 않을 거다."

쐐기벌레는 무덤덤하게 대답했다.

"그렇다면 당신의 신경은 저와는 다른 모양이군요?"

앨리스의 말투는 비웃는 듯했다.

"제 생각에는 그럴 경우 누구나 제정신이 아닐 거라고 생각되는데요?"

"이것 봐! 도대체 넌 누구냐니까?"

쐐기벌레가 이번엔 아주 경멸하는 투로 소리쳤다.

이렇게 되자 그들의 대화는 다시 원점으로 되돌아갔다. 똑같은 말을 한동안 반복하던 앨리스는 쐐기벌레의 거만하고 성의 없는 태도에 화가 치밀어 정색을 하고 말했다.

"당신이 먼저 자신이 누구라는 걸 밝혀야 도리가 아닐까요?"

"왜?"

"왜냐하면……."

앨리스는 쐐기벌레를 설득할 이유가 떠오르지 않았다. 그리고 이런 상태라면 더 이야기할 필요가 없을 것 같아 앨리스는 등을 돌려 걸음을 옮기기 시작했다.

"이 봐, 돌아와!"

쐐기벌레가 그녀의 등에 대고 소리쳤다.

"중요한 이야기가 있어."

쐐기벌레가 정말로 무언가 할 이야기가 있는 것처럼 느껴졌기 때문에 앨리스는 다시 돌아섰다.

"그렇게 화를 내면 안 돼."

그녀가 다가오자 쐐기벌레는 제법 정색을 하고 말했다.

"아니, 겨우 그 얘기예요?"

앨리스는 또다시 화가 치밀어오르는 것을 가까스로 참으며 말했다.

"아냐."

쐐기벌레가 이렇게 말하자 앨리스는 잠자코 기다리기로 했다. 그 외에 다른 할 일도 없었지만 그러다보면 들을 만한 가치가 있는 말을 할지도 모른다는 생각에서였다.

한동안 담뱃대만 뻐끔거리더니 쐐기벌레는 마침내 팔짱을 풀고 담뱃대를 치운 다음 입을 열었다.

"그래. 너는 자신이 변했다고 생각한다 이거지?"

"유감스럽지만 사실이에요."

앨리스가 머뭇거리며 대답했다.

"전에는 알고 있던 것들도 지금은 기억하지 못하겠고 게다가 단 10분 동안도 몸의 크기를 그대로 유지하지 못하니……!"

"어떤 것들을 기억하지 못했지?"

쐐기벌레가 다그치듯 물었다.

"'꼬마 벌의 노래'를 외우려고 했더니 '새끼 악어의 노래'가
되지 뭐예요!"

앨리스는 그 일을 생각하니 눈물이 핑그르 도는 것 같았다.

"그럼 '이젠 늙으셨네요, 신부님'을 외워 봐."

쐐기벌레가 엄격한 선생님 같은 말투로 말했다. 그가 시키는 대
로 앨리스는 양 손을 모아 쥐고 외우기 시작했다.

'이젠 늙으셨네요, 윌리엄 신부님.'

젊은이가 말했네.

'머리카락도 하얗게 세고요,

하지만 여전히 물구나무를 서시는군요.

신부님의 연세에

그런 일이 어울린다고 생각하시나요?'
윌리엄 신부가 젊은이에게 말했네.
'젊었을 때에는
이렇게 하면 머리를 다칠까 봐 겁냈지.
하지만 이젠 그런 걱정 따윈
필요 없다는 걸 알게 됐단다.
그래서 하는 거야.'
젊은이가 다시 말했네.
'방금 말씀드렸지만
이젠 너무 늙으셨어요.
그리고 너무 뚱뚱해지셨구요.
그런데도 공중제비를 하시다니
맙소사,

왜 그러시는 거죠?'

백발의 슬기로운 분은
머리를 흔들며 다시 말했네.
'젊었을 때에는
갈비뼈를 유연하게 하려고
이 약을 발랐지.
한 상자에 1실링이란다.
두어 개 사지 않을래?'

젊은이가 또다시 말했네.
'이젠 늙으셨어요.
턱이 약해져서

비계처럼 부드러운 것만 드셔야 해요.
그런데도 거위를 통째로 드시니
맙소사,
그 비결이 무엇이죠?'
신부님이 다시 말했네.
'젊었을 때에는
재판을 맡았었지.
사사건건 마누라와 입씨름을 하다 보니
덕분에 턱이 튼튼하게 됐단다.'
젊은이가 말했네.
'이젠 늙으셨어요.
하지만 시력이 그렇게 좋으신 걸
사람들은 상상도 못할 거예요.

코끝의 땀방울도 보실 수 있잖아요.
어떻게 그런 일이 가능한 거죠?'

신부님이 화를 냈네.
'세 가지나 대답을 했으니 그만하렴.
더 이상 귀찮게 하지 마.
그 따위 바보 같은 소리를
하루 종일 지껄일 생각은 아니겠지?
돌아가! 말을 듣지 않으면
아래로 힘껏 차 버릴 테다!'

"아니야, 틀렸어!"
쐐기벌레가 고개를 가로저었다.
"알아요. 죄송해요."
앨리스는 기가 죽어 작은 소리로 대답했다.
"몇 마디 단어가 바뀐 것 같아요."
"무슨 소리야! 처음부터 끝까지 다 틀렸어."
쐐기벌레가 냉정하게 잘라 말했다. 그리고 한동안 침묵이 흘렀
다. 얼마 후 침묵을 깬 것은 쐐기벌레였다.
"그래, 얼마나 커지고 싶은 거지?"
"특별히 원하는 크기는 없어요. 자기 몸이 자주 변하는 걸 좋아
할 사람이 있겠어요? 그렇지 않나요?"
앨리스가 급히 대답했다.
"모르겠어."
쐐기벌레가 다시 퉁명스럽게 대답했다.

앨리스는 입을 다물어 버렸다. 지금까지 이런 식으로 동문서답을 반복한 적은 없었다. 그녀는 점점 화가 치밀어오르는 걸 느꼈다.

"지금의 키는 어때?"

쐐기벌레가 다시 물었다.

"가능하다면 조금만 더 커졌으면 좋겠어요. 키가 3인치밖에 안 된다는 건 속상한 일이 아닐까요?"

앨리스가 조심스럽게 말했다.

"쓸데없는 소리야! 아주 적당한 키야!"

쐐기벌레는 화가 나서 소리를 지르며 몸을 벌떡 일으켰다—그의 키는 정확하게 3인치였다.

"하지만 난 이렇게 작은 게 불편해요! 공격을 당할까 봐 불안해서 못 견디겠어요. 이건 사람이 겪어야 할 일이 아닌 걸요."

앨리스는 목소리에 애절함을 담아 말했다.

"머지않아 익숙하게 될 거야."

쐐기벌레는 아무렇지 않다는 듯 말하며 다시 물담뱃대를 입으로 가져가 피기 시작했다.

앨리스는 쐐기벌레가 다시 뭐라고 말할 때까지 참을성 있게 기다렸다. 잠시 후 입에서 담뱃대를 뗀 그는 하품을 두어 번 늘어지게 하고 몸을 부르르 떨었다. 그리고는 버섯에서 내려와 고물고물 기어서 풀숲으로 사라져 가면서 중얼거렸다.

"한쪽은 네 키를 크게 할 거고, 다른 쪽은 작아지게 할 거야."

'아니, 무엇의 한쪽과 무엇의 다른 쪽이란 말일까?'

그의 말을 듣고 난 앨리스는 속으로 이렇게 물었다.

"버섯 말이야."

그녀의 마음속을 읽기라도 한 듯 이렇게 말한 쐐기벌레는 잠시 후 어딘가로 완전히 모습을 감췄다.

　또다시 혼자가 된 앨리스는 버섯을 바라보았다. 그러나 쉬운 일이 아니었다. 왜냐하면 버섯은 둥그런 모양이었기 때문이었다. 한동안 궁리하던 끝에 앨리스는 한가지 방법을 생각해 냈다. 양팔을 한껏 벌려 버섯 몸통을 껴안은 뒤 오른손과 왼손으로 각각 한 움큼씩 버섯살을 뜯어 냈다.

　'이렇게 하면 어느 쪽이 어느 쪽인지 알아 낼 수 있겠지.'

　이렇게 생각한 앨리스는 우선 오른손으로 뜯어 낸 버섯살을 조금씩 입에 넣었다. 다음 순간 그녀의 턱은 밑으로 내려가 자신의 발과 맞닿을 정도가 되고 말았다.

　앨리스는 갑작스러운 변화에도 놀랄 새가 없었다. 순식간에 변화가 일어났기 때문이었다. 부리나케 왼손에 든 버섯살을 입에 넣으려 했으나 어느 새 턱이 발에 맞붙어 쉽지 않았다. 안간힘을 써서 마침내 입 안에 버섯을 밀어 넣었다.

　"아, 이제야 머리를 자유롭게 움직일 수 있구나!"

　앨리스는 기뻐서 소리쳤다. 그러나 그것도 잠깐 동안이었다. 다음 순간 그 소리는 비명 소리로 변하고 말았다. 왜냐하면 자신의 어깨가 어디에 있는지 보이지 않았기 때문이다. 보이는 것이라고는 저 멀리 아득한 곳에 바다처럼 펼쳐진 푸른 숲과 그 위로 등대처럼 솟아오른 엄청나게 긴 자신의 목뿐이었다.

　"저 아래 펼쳐진 푸른 것들은 뭐지?"

　앨리스는 불안에 떨며 말했다.

　"그리고 내 어깨는 도대체 어디에 있을까? 아, 불쌍한 내 손! 왜 보이지도 않니?"

그녀는 이렇게 말하며 어깨와 손을 움직여 보았으나 아득한 숲 한쪽에서 보일락말락한 움직임이 있었을 뿐 그 이외엔 아무런 것도 보이지 않았다.

　앨리스는 문득 손을 들어올릴 수 없는 것처럼 생각되었다. 그래서 얼른 머리를 숙여 보았다. 목은 예전처럼 유연하여 마음대로 굽힐 수 있었다. 그나마 다행이라는 생각으로 그녀는 목을 구부려 숲으로 머리를 집어넣어 손을 찾으려 했다. 그러나 머리를 들이밀다 잘못해서 제일 높게 자란 나뭇가지에 얼굴을 찔리고 말았다. 그때 그 가지 위 새둥지에 들어 있던 커다란 비둘기 한 마리가 그녀에게 달려들었다.

　"이 포악한 뱀아, 썩 없어져!"

　비둘기가 노기 띤 목소리로 소리쳤다.

　"난 뱀이 아냐! 날 방해하지 마!"

　앨리스도 화가 나서 소리쳤다.

　"뱀이 아니라구?"

　비둘기의 목소리는 조금 누그러진 듯했다. 이어서 비둘기는 울먹이는 목소리로 덧붙였다.

　"아무리 찾아봐도 적당한 장소가 없어 큰일이네."

　"무슨 얘기인지 도무지 알아들을 수가 없구나."

　"나무 뿌리, 강둑, 언덕…… 모두 둘러보았지만 어딜 가나 뱀, 뱀! 그것들을 피할 방법이 없어!"

　비둘기는 그녀가 안중에도 없다는 듯 중얼거렸다.

　앨리스로서는 갈수록 알 수 없는 말이었으나 비둘기가 이야기를 끝낼 때까지는 무슨 말을 해도 소용이 없을 듯했다.

　"어디나 알을 품어도 괜찮을 것처럼 안전하게 보이지만……."

비둘기는 생각만 해도 치가 떨리는지 몸을 부르르 떨었다.

"어림없어. 뱀이란 놈은 어디에나 숨어 있거든. 밤낮 그놈을 지키느라고 3주일 동안 눈 한번 못 붙였어."

"고생이 심했겠구나. 안됐다."

그제서야 비둘기를 이해하기 시작한 앨리스는 동정어린 어조로 말해 주었다.

"그래서 가장 높게 자란 나무에 둥지를 만들어 알을 품고 있었던 거야."

그러면서 비둘기는 이번엔 날카로운 목소리로 계속했다.

"이렇게 높으니까 뱀들도 여기까지는 못 오리라고 생각했어. 하늘에서 밧줄이 내려오기 전에는 올라오지 못하리라고 믿었던 거야. 그런데 여기까지 쫓아오다니! 이 천벌을 받을 뱀 같으니라구!"

"난 뱀이 아니라니까!"

이렇게 고함을 치긴 했지만 앨리스는 자신이 누구인지 확신이 서지 않았다.

"난, 나는……."

"어서 말해 봐! 그럼 넌 뭐지?"

비둘기가 그녀를 다그치기 시작했다.

"거짓말을 꾸며대려고 하는 걸 난 알고 있어!"

"난, 난 평범한 소녀야."

이렇게 말했지만 사실 그녀 스스로도 하루에 몇 번씩이나 변하고 있는 지금 이런 말이 맞는지 의심스러웠다.

"그럴 듯한 말만 하는군."

비둘기는 믿을 수 없다는 듯 계속했다.

"그 말을 믿으라고? 난 이제껏 계집아이들을 수없이 보아왔지만 너처럼 목이 긴 아이는 본 적이 없어! 난 안 속아. 아무리 아니라고 우겨도 소용없어. 넌 뱀이야! 다음엔 새알 같은 건 입에 대 본 적도 없다고 하겠지?"

"아니 그렇지 않아. 난 새알이나 달걀은 많이 먹었어."

앨리스는 다급하게 말했다.

"나 같은 성장기의 어린 아이들은 그런 걸 많이 먹어야 해."

"흥, 그러니까 넌 뱀이야!"

비둘기는 단호하게 말했다.

"만약 네가 뱀이 아니라 하더라도 새알을 먹는 너흰 뱀이랑 비슷하다고 말할 수밖에 없어!"

너무나 어이없는 말이라 앨리스가 아무 말도 못 하고 있자 비둘기가 다시 소리치듯 말했다.

"넌 새알을 찾고 있었지? 내 눈은 못 속여. 네가 뱀이든 계집아이든 나와는 상관없는 일이야! 단지 중요한 건 네가 새알을 찾고 있었다는 거야!"

"물론 난 새알을 좋아해. 하지만 그걸 찾고 있진 않았어. 혹시 눈에 띄었다 하더라도 그 알을 먹지는 않았을 거야. 난 날것은 먹지 않으니까."

앨리스가 서둘러 설명했다.

"어쨌든 빨리 사라져!"

거칠게 쏘아부치며 비둘기는 다시 둥지로 날아가 버렸다. 머쓱해진 앨리스는 덤불에 얼굴을 찔려가며 가능한 한 머리를 낮게 숙여 그 자리를 빠져나왔다.

숲 속을 헤매던 앨리스는 자신의 손에 아직까지 버섯살이 남아 있는 걸 발견했다. 그녀는 양 손에 있는 것들을 조금씩 번갈아 먹어가며 키를 조절하기 시작했다. 커지고 작아지기를 몇 번이고 되풀이한 뒤 마침내 본래의 키로 되돌아가게 되었다.

몸이 하도 여러 번 변해서 평소의 크기가 오히려 이상하고 어색했다. 하지만 시간이 조금 흐르자 다시 편안해졌다. 일단 몸의 크기가 제대로 되자 앨리스는 버릇처럼 자신에게 이야기하기 시작했다.

"자, 이제 계획의 반은 이루어졌어! 세상에, 이렇게 자유자재로 몸이 변하다니 정말 놀라운 일이야. 또 몇 분 후에는 어떻게 변할지도 모르지만 이젠 본래의 모습으로 돌아왔으니까 다음 일을 생각해야지. 그래, 이제 그 아름다운 정원으로 들어가자. 그런데 어떻게 해야 하는 걸까?"

이렇게 말하는 순간 그녀의 몸은 어느 새 탁 트인 넓은 공지로 나와 있었다. 더구나 그녀의 앞에는 높이가 1미터쯤 되어 보이는 자그마한 집이 한 채 있었다.

'저곳에 누가 살든지 이렇게 커다란 나를 보면 엄청 놀라겠지? 하지만 놀라게 해서는 안 돼.'

이렇게 생각한 앨리스는 오른손에 든 버섯살을 조금씩 뜯어먹었다. 그리고 키가 30센티 정도로 줄어들자 그 집을 향해 걸어갔다.

제6장 돼지와 후춧가루

그 집을 쳐다보며 이제부터 어떻게 할까 궁리하고 있을 때였다. 병정 한 사람이 빠른 걸음으로 숲에서 나와—급한 걸음걸이를 보고 병정이라고 생각했던 앨리스는 그의 얼굴을 보는 순간 '물고기'라고 부르기로 했다—주먹으로 대문을 두드렸다.

문을 열고 나온 것은 얼굴이 둥글고 눈이 개구리처럼 불거져나온 병정이었다. 자세히 살펴보니 그들은 모두 기름 바른 머리를 뒤로 빗어 넘겨 단정했다. 또다시 호기심이 발동한 앨리스는 그들의 이야기를 엿들으려고 숲에서 살금살금 기어나왔다.

물고기 병정은 품안에서 자신의 몸집만큼이나 큰 편지를 꺼내 그것을 개구리 병정에게 건네주며 근엄한 목소리로 말했다.

"여왕 폐하께서 공작 부인을 크로케 게임에 초대하시는 초대장이오."

"공작 부인께서 여왕 폐하에게 보내신 크로케 게임 초대장을 받겠소."

개구리 병정도 제법 엄숙한 목소리로 같은 말을 복창했다. 그러나 말의 순서는 바뀌어 있었다.

그런 다음 두 병정은 서로 상대방에게 머리를 깊숙이 숙여 절

을 했다. 그 바람에 두 병정의 머리가 서로 부딪혔고, 뒤로 빗어 넘긴 머리카락이 앞으로 흘러내려 우스운 꼴이 되고 말았다.

이런 모습을 바라보던 앨리스는 터져나오는 웃음을 참으며 급히 숲 속으로 몸을 숨겼다. 그들에게 들킬까 봐 걱정되었기 때문이었다. 그녀가 다시 숲에서 내다보았을 때 물고기 병정의 모습은 어느 새 사라진 뒤였다. 개구리 병정은 현관에 주저앉아 멍하니 하늘을 올려다보고 있었다.

앨리스는 조심스럽게 한발 한발 다가가 문을 두드렸다.

"그럴 필요없어."

개구리 병정이 그녀를 향해 말했다.

"왜냐하면 우선 내가 너처럼 밖에 나와 있기 때문이고, 두 번째 이유는 집안이 몹시 시끄러워 문 두드리는 소리를 아무도 듣지 못하기 때문이야."

그러고보니 집안에서는 몹시 소란스러운 소리가 들려오고 있었다. 누군가 아우성치는 소리와 짖어 대는 소리, 우는 소리와 웃는 소리, 그릇 깨지는 소리, 무엇인가 부서지고 무너지는 소리…… 등이 한데 섞여 매우 요란했다.

"그렇다면 죄송하지만 집안으로 들어가려면 어떻게 해야 하는지 가르쳐 주시겠어요?"

앨리스가 개구리 병정에게 사정조로 말했다.

"노크한다고 모든 일이 되는 줄 아니?"

개구리 병정은 그녀를 쳐다보지도 않고 말했다.

"노크는 우리 사이에 문이 가로막혀 있을 때 하는 거야. 예를 들면 네가 안에 있고 내가 밖에 있을 때 노크하면 널 밖으로 나오게 할 수 있지. 알겠어? 노크란 그럴 때 하는 거야."

개구리 병정은 그렇게 말하면서도 여전히 하늘만 쳐다보고 있었다.

'도대체 무슨 소릴 하는 거지?'

앨리스는 어이가 없어 잠시 동안 병정을 바라보았다. 그러는 동안 그가 무례하다는 생각이 들었다.

'저런 자가 내게 도움이 될까? 눈이 저렇게 머리 꼭대기에 붙었으니 무슨 도움이 되겠어? 하지만 대답은 제대로 할 수 있을 거 아냐?'

그녀는 이렇게 생각했다.

"그럼 어떻게 해야 안으로 들어갈 수 있죠?"

앨리스는 다시 한 번 큰 소리로 물었다.

"난 계속 여기 앉아 있을 거야. 내일까지라도……."

개구리 병정은 여전히 딴소리를 했다.

바로 그 순간 문이 벌컥 열리더니 커다란 접시 하나가 그의 얼굴을 향해 날아왔다. 다행히 코를 살짝 스치고 지나가 뒤에 있는 나무에 부딪혀 산산조각이 나 버렸다.

"어쩌면 모레까지라도……."

개구리 병정은 조금도 동요하지 않고 태연하게 말했다.

"어떻게 하면 안으로 들어갈 수 있나요?"

앨리스가 다시 한 번 큰 소리로 물었다.

"그렇게 들어가고 싶어?"

개구리 병정이 빈정거리는 투로 물었다.

"그게 문제라니까!"

이곳의 짐승들은 사람을 흥분시키는 데 뛰어난 재주를 가졌다는 생각이 들었다. 사람을 미치게 하는 데에는 아주 탁월한 재주를 지닌 것 같았다.

앨리스가 이런 생각을 하고 있는 사이에 개구리 병정은 말할 기회를 얻었다는 듯 같은 소리만 반복하고 있었다.

"난 여기 앉아 있을 거야. 영원히!"

"하지만 난 무얼 하죠?"

"마음대로 해."

개구리 병정은 여전히 빈정거리는 투로 말하더니 휘파람을 불어대기 시작했다.

'이 병정과 이야기해 봐야 소용이 없겠어. 바보가 분명해.'

이렇게 혼잣말을 하고 난 앨리스는 스스로 문을 열고 안으로 들어섰다. 그 문은 부엌으로 연결되어 있는 문이었다.

식당을 겸한 부엌은 자욱하게 연기가 차 있었다. 공작 부인은 그 한가운데에 놓여 있는 다리가 세 개인 둥근 의자에 앉아 아기를 얼르고 있었다. 요리사는 벽난로에 기댄 채 수프가 든 커다란 솥을 젓고 있었다.

"수프 속에 후춧가루를 너무 많이 넣었나 봐!"

앨리스는 재채기를 하며 중얼거렸다.

공작 부인 역시 이따금 재채기를 하는 것으로 보아 그녀의 생각이 맞는 것 같았다. 아기는 잠시도 쉬지 않고 재채기와 기침을 번갈아 해대고 있었다.

그래도 요리사와 벽난로 옆에 앉아 한쪽 귀에서 다른 쪽 귀까지 입이 찢어져라 웃고 있는 커다란 고양이는 재채기나 기침을 하지 않고 있었다.

"저, 말씀 좀 여쭐게요?"

앨리스는 혹시 자기가 먼저 말을 거는 게 예의에 어긋나지 않

을까 걱정하며 조심스럽게 말했다.

"저 고양이는 어떻게 웃을 수 있나요?"

"체셔 고양이라서 그렇지. 알겠니, 이 돼지야!"

공작 부인이 대꾸했다.

그녀가 마지막 단어에 느닷없이 힘을 주어 말했기 때문에 앨리스는 기겁할 정도로 놀랐다. 그러나 다음 순간 그것이 자기에게 하는 소리가 아니라 아기를 향해 하는 말이라는 걸 깨닫고 용기를 내어 말을 계속했다.

"체셔 고양이는 웃는다는 걸 몰랐어요. 아니, 사실 전 고양이가 웃을 수 있다는 것조차 몰랐어요."

"모든 고양이는 웃을 수 있어. 그리고 거의 모든 고양이는 웃고 있지."

공작 부인이 말했다.

"고양이가 웃는다는 얘기는 처음이에요."

앨리스는 공손하게 말했다. 누군가와 대화를 할 수 있다는 것이 기쁘기 때문이었다.

"아직 모르는 게 많구나. 당연한 일이지."

공작 부인이 쌀쌀하게 말했다.

앨리스는 공작 부인의 말투가 영 마음에 들지 않았다. 하지만 화제가 바뀌면 나아질지도 모른다고 생각했다. 그래서 다른 화제를 찾고 있을 때, 난로에서 수프 솥을 내려놓은 요리사가 느닷없이 닥치는 대로 물건을 집어 공작 부인과 아기를 향해 던지기 시작했다. 먼저 부젓가락이 날아오고 이어 프라이팬, 쟁반, 접시 등이 소낙비처럼 날아왔다.

그런데도 공작 부인은 조금도 언짢아하지 않는 눈치였다. 날아온 물건에 맞아도, 아기가 금방이라도 숨이 넘어갈 듯이 기침을 해대도 눈썹 하나 까딱하지 않았다.

"제발 그만두세요!"

눈앞에서 벌어지고 있는 무서운 광경에 질린 앨리스가 소리쳤다.

"이봐요, 코에 맞겠어요!"

어마어마하게 큰 프라이팬이 그녀의 코를 향해 날아오다가 아슬아슬하게 비껴갔다.

"세상의 모든 사람들이 남의 일에 간섭하지 않고 자기 일에만 열심이라면 이 지구가 좀더 빨리 돌아갈 수 있을 거야."

오히려 공작 부인은 화가 치민 듯이 그녀에게 고함치며 말했다.

"지구가 빨리 도는 게 무슨 상관이죠?"

공작 부인의 말에 자신의 작은 지식이나마 보일 수 있게 돼 더 없이 기쁜 앨리스가 서둘러 대꾸했다.

"밤과 낮이 뒤바뀌면 어떻게 하나요? 지구가 지축을 중심으로 한 바퀴 도는데 스물네 시간이 걸려야……."

"지축이 어떻다고? 건방지구나! 목을 쳐 버려!"

공작 부인이 화를 벌컥 냈다.

놀란 앨리스는 겁에 질려 요리사를 바라보았다. 그러나 요리사는 공작 부인의 말을 못 들었는지 열심히 수프를 젓고 있었다. 조금 안심이 된 앨리스가 용기를 내어 다시 말을 이었다.

"스물네 시간이 걸릴 거예요. 아니, 열두 시간이던가?"

"시끄러워."

공작 부인이 또다시 소리쳤다.

"난 숫자 따위엔 관심 없어!"

그리고는 품에 안은 아기를 다시 얼르기 시작했다. 그녀는 자장가인 듯한 노래를 아기에게 불러 주면서 한 구절이 끝날 때마다 오히려 아기를 끔찍할 정도로 세게 흔들어 댔다. 그리고 그 자장가라는 것도 들어보니 어처구니 없는 내용이었다.

아기에게는 큰 소리로 말하라.
그리고 기침을 하면 실컷 때려 주라.
기침을 하면 어른들이 놀랄 줄 알고
일부러 그러는 거니까.

(그러자 요리사와 아기가 입을 모아 따라 불렀다.)

오우! 오우! 오우!

2절을 부르면서도 공작 부인은 계속 아기를 위아래로 거칠게 흔들어 댔고, 불쌍한 아기는 자지러질 듯이 울어 대서 앨리스는 노랫소리를 거의 들을 수 없을 정도가 되었다.

아기에게는 큰 소리로 말하라.
그리고 기침을 하면 실컷 때려 주라.
늘 즐겁게 하기 위해
후춧가루를 잔뜩 먹이라.

(모두 합창하여)

오우! 오우! 오우!

"자, 원한다면 네가 한번 아기를 얼러 봐."
노래를 마친 공작 부인은 이렇게 말하며 안고 있던 아기를 앨리스에게로 불쑥 내밀었다.
"난 여왕 폐하의 크로케 게임에 갈 준비를 해야 해."
그리고는 서둘러 식당에서 나가 버렸다. 그녀가 나갈 때 요리사가 또다시 프라이팬을 던졌으나 다행히 부인을 맞히지 못했다.
앨리스는 아기가 이상하게 생긴데다 팔과 다리를 제멋대로 버둥거려서 안고 있기가 불편했다. 그런 아기를 보며 앨리스는 불가사리 같다는 생각을 했다.

불쌍한 어린것은 증기 기관차의 엔진처럼 거칠게 숨을 몰아쉬고 있었다. 아기를 제대로 안게 되자 앨리스는 공기가 맑은 집 밖으로 나섰다.

'이 아기를 내가 데리고 가지 않으면…….'

앨리스는 아기를 바라보며 이런 생각을 했다.

"하루나 이틀 사이에 이 아기는 죽고 말 거야. 하지만 그럴 줄 알면서도 그냥 모른 체하고 가는 것도 아기를 죽이는 것이나 다름없겠지?"

앨리스의 말이 끝나자마자 아기는 대답이라도 하듯 꿀꿀거렸다. 어느 새 아기의 기침과 재채기는 멎어 있었다.

"그런 소리 내지 마!"

거북한 소리에 앨리스가 상을 찡그리며 나무랐다

"그런 소리로 자기 생각을 표현하는 건 나빠."

그러자 아기가 다시 꿀꿀거렸다. 앨리스는 이상한 생각이 들어 아기의 얼굴을 자세히 살펴보았다. 하늘을 향한 들창코에 눈도 다른 아기들과는 달리 보일락말락할 정도로 작아 매우 미운 얼굴이었다.

'어쩌면 너무 울어서 이렇게 됐는지도 몰라.'

이렇게 생각한 앨리스는 아기가 눈물을 흘리는지 궁금하여 다시 한번 얼굴을 들여다보았다. 그러나 눈물을 흘린 흔적은 어디에도 보이지 않았다.

"만약 네가 돼지로 변하고 있는 거라면?"

앨리스가 심각한 어조로 아기에게 말했다

"난 너에게 아무것도 해줄 수 없어. 알겠니?"

그러자 불쌍한 아기가 다시 훌쩍거렸다. 어쩌면 꿀꿀거리는 것

같기도 했다. 앨리스는 한동안 말없이 걷기만 했다. 마음 속으로 별별 생각이 다 떠올랐다.

'이 괴물 같은 아기와 함께 집으로 가면 식구들이 뭐라고 할까?'

아기가 또다시 요란스럽게 꿀꿀거리기 시작했다. 앨리스는 근심어린 눈으로 들여다보았다. 아무리 아니라고 생각해도 소용없었다. 아기는 틀림없는 새끼 돼지였다. 그렇다면 돼지를 더 이상 안고 갈 이유가 없다는 생각이 들었다.

새끼 돼지를 땅에 내려놓자 그것은 숲 속으로 뛰어들어갔다. 앨리스는 비로소 마음이 홀가분해졌다.

"저것이 자라면 보나마나 굉장히 못생긴 아이가 될 거야. 차라리 돼지라면 잘생긴 돼지가 되겠지만."

앨리스는 혼잣말로 중얼거렸다. 그리고 나서 앨리스는 친구들 중에서 돼지같이 구는 아이들이 누구였던가를 생각해 보았다.

'만약 누군가 변하게 할 줄 아는 사람이 있다면 그들도…….'

이런 생각을 하던 앨리스는 걸음을 멈추었다. 바로 몇 미터 앞 나뭇가지에 체셔 고양이가 앉아 있는 것을 발견했던 것이다. 사실 약간 겁이 나기도 했다.

그러나 그녀를 바라보는 고양이는 여전히 웃고 있었다. 발톱이 길고 이빨도 날카로워 보였다. 그러나 앨리스는 웃는 모습을 보고 마음씨 좋은 고양이일 것이라고 짐작하며 가까이 다가갔다.

"체셔 고양이야!"

앨리스는 조심스럽고도 다정하게 불렀다. 그래도 고양이는 입을 좀더 벌리고 웃을 뿐이었다. 앨리스는 용기가 났다.

'그것 봐, 아무 일도 없잖아!'

그렇게 생각한 앨리스는 말을 이었다.

"이젠 어디로 가야 좋을지 말해 주지 않겠니?"

"그거야 네 맘대로지."

고양이가 우습다는 투로 말했다.

"하지만 난 어디가 어딘지 잘 모르겠어!"

앨리스가 안타까운 마음으로 말했다.

"네가 가고 싶은 데로 가."

"그렇지만 가야 할 곳이 있어. 그곳이 어떤 곳인지는 모르지만."

이렇게 말하면서 앨리스 자신도 우스운 말이라고 생각했다.

"재미있는 이야기구나."

고양이가 깔깔거리고 웃어 댔다.

"그럼 빨리 그곳으로 가 보시지."

길게 이야기를 해 봤자 소용이 없다는 걸 깨달은 앨리스는 다른 것을 물어보았다.

"이곳엔 어떤 사람들이 살고 있니?"

"이쪽으로 가면……."

고양이가 오른쪽 발을 들어 가리키며 말했다.

"모자를 만드는 해터가 살고 있고, 저쪽으로 가면……."

이번엔 왼쪽 발을 들어 가리켰다.

"3월의 토끼가 살고 있어. 둘 다 미쳤지만 그래도 좋다면 한번 가 봐."

"미친 사람들은 싫어."

앨리스가 머리를 흔들며 말했다.

"어쩔 수가 없어. 여기 있는 자들은 다 미쳐 있으니까. 나도 미쳤고, 너도 미쳤지?"

고양이는 여전히 빙글거리며 말했다.

"내가 미쳤는지 어떻게 알지?"

앨리스는 화가 났지만 애써 참으며 물었다.

"틀림없이 미쳤어. 그렇지 않다면 이런 덴 오지 않았을 테니까."

고양이가 자신 있다는 투로 말했다.

앨리스는 반박할 말이 얼른 떠오르지 않았다. 그래도 그녀는 지지 않고 말을 이었다.

"너 자신이 미쳤다는 것은 어떻게 알았지?"

"미치지 않은 개를 생각해 보면서 이야기하자. 괜찮겠지?"

"좋아."

앨리스가 궁금하게 여기며 대답했다.

"그럼 시작하지."

고양이는 무슨 중요한 이야기라도 되듯 말했다.

"개는 화가 나면 으르렁대고 기분이 좋으면 꼬리를 흔들어. 그런데 난 기분이 좋으면 으르렁대고 화가 나면 꼬리를 흔들어. 그러니까 난 미친 거야."

"넌 으르렁댄 게 아냐. 좋아서 '야옹' 거리는 거야."

"그런 건 아무래도 좋아!"

신경질적으로 말하며 고양이는 화제를 바꿨다.

"오늘 여왕님의 크로케 경기에 참가할 거니?"

"그 경기를 나도 좋아해. 하지만 난 초대받지 못했는걸."

앨리스는 풀이 죽은 목소리로 대꾸했다.

"그곳으로 오면 날 볼 수 있을 거야."

그리고는 고양이는 사라져 버렸다. 그러나 이제 이상한 일에 익숙해질 대로 익숙해진 앨리스는 별로 놀라지도 않았다. 어떻게 해야 할지 몰라 고양이가 앉아 있던 자리를 뚫어지게 바라보고 서 있자니 무슨 조화인지 고양이의 모습이 다시 불쑥 나타났다.

"깜빡 잊고 있었는데, 아기는 어떻게 됐지?"

고양이가 아무 일도 없었다는 듯 물었다.

"아기가 돼지로 변해 버렸어."

앨리스도 고양이가 사라졌다 다시 나타난 게 그다지 놀랍지 않다는 듯 무덤덤하게 대답했다.

"그럴 줄 알았어."

고개를 끄덕인 고양이는 다시 사라져 버렸다.

앨리스는 은근히 고양이가 다시 나타나기를 바라며 그 자리에서 잠시 기다렸으나 고양이는 나타나지 않았다. 앨리스는 포기하고 3월의 토끼가 산다는 방향을 향해 걷기 시작했다.

"해터는 본 적이 있어."

그녀는 혼잣말로 중얼거렸다.

"3월의 토끼를 만나는 게 더 재미있을 거야. 그리고 지금이 4월이니까 아무래도 3월처럼 헛소리를 할 정도로 미치진 않았겠지 (토끼는 3월이면 발정기가 되어 행동이 거칠고 사나워진다)."

이렇게 말하며 문득 위를 쳐다보자 나뭇가지 위에 고양이가 앉아 있었다.

"아까 '돼지(pig)'라고 했어, '무화과(fig)'라고 했어?"

고양이가 물었다.

"돼지라고 했어!"

앨리스는 짜증이 났다.

"그리고 갑자기 나타났다 사라졌다 하지 마! 보고 있는 사람이

82

정신이 없어!"

"좋아, 알았어."

이렇게 대답하고 난 고양이는 눈 녹듯이 서서히 꼬리부터 사라지기 시작하여 웃는 얼굴을 끝으로 완전히 사라졌다. 고양이의 미소는 모습이 사라진 후에도 한동안 그대로 남아 있는 것 같았다.

'웃지 않는 고양이는 늘 보아 왔지만······'

사라진 고양이를 생각하며 앨리스는 엉뚱한 생각을 하고 있었다.

'미소 없는 고양이, 아니 고양이 없는 미소는 이 세상에서 가장 이상할 거야!'

이런 생각을 하면서도 앨리스는 자신의 생각이 뒤바뀌었음을 깨닫지 못하고 있었다. 그렇다면 앨리스 역시 고양이의 말대로 미쳐 버린 게 아닐까?

그녀는 얼마 지나지 않아 3월의 토끼 집을 발견했다. 토끼 귀 같은 굴뚝과 토끼털 같은 풀로 덮여 있는 지붕 때문에 그녀는 쉽게 그 집이 토끼의 집이라는 걸 알았다. 그 집이 매우 커 보였으므로 앨리스는 지금처럼 작은 모습으로는 위험할 것 같아 키가 60센티 정도가 될 때까지 왼손의 버섯살을 뜯어 먹었다.

키가 커지긴 했어도 앨리스는 불안했다. 그래서 조심스럽게 주위를 살피며 다가갔다.

"토끼도 미쳤다면 몹시 사나울지도 몰라! 해터의 집으로 갈걸 그랬나?"

제7장 미치광이 티 파티

그 집 앞의 커다란 나무 밑에는 식탁이 준비되어 있었다. 식탁에서는 3월의 토끼와 해터가 차를 마시고 있었다. 그들은 도어마우스(동면하는 쥐의 일종)를 쿠션처럼 자기들 사이에 끼여 앉게 하고 그 위에 팔꿈치를 얹고 이야기를 나누고 있었다.

"도어마우스가 얼마나 힘들까?"

앨리스는 가엾은 생각이 들어 이렇게 중얼거렸다.

"하지만 잠이 들어 모를 테니까 그나마 다행이야."

식탁은 널찍했지만 그들 셋은 한쪽에 몰려 앉아 있었다. 그리고 앨리스가 다가오는 것을 본 그들은 이렇게 소리쳤다.

"자리가 없어. 앉을 자리가 없어!"

"거짓말! 이렇게 자리가 많은데!"

앨리스는 화가 나서 소리쳤다. 그리고 식탁 주변을 빙 둘러보다가 식탁 한쪽에 놓여 있는 안락의자에 앉았다.

"그럼 포도주를 마셔."

3월의 토끼가 미안한 듯이 말했다. 그러나 아무리 둘러봐도 식탁 위에는 차 외엔 눈에 띄지 않았다.

"포도주가 안 보이는걸."

앨리스는 이상하게 생각되어 토끼를 바라보았다.

"그야 없으니까 안 보이지."

토끼가 비아냥거리며 대답했다.

"사람을 놀리는 건 실례야."

앨리스가 화를 냈다.

"권하지도 않았는데 멋대로 식탁에 앉는 건 실례가 아닌가?"

토끼도 만만한 상대가 아니었다.

"너희들만을 위한 식탁인 줄 몰랐어."

앨리스가 미안해하며 말했다.

"그리고 식탁에 빈 자리가 많았고."

"머리를 잘라야 되겠구나."

해터가 입을 열었다. 호기심어린 눈길로 계속 앨리스를 바라보고 있던 그의 첫 말이었다.

"신상에 관한 문제를 직접적으로 말하는 건 예의에 어긋나는 일이야. 큰 실례지."

앨리스가 따끔하게 한마디했다.

이 말을 들은 해터는 눈이 잠시 휘둥그레졌다. 그러나 그의 다음 말은 엉뚱했다.

"갈가마귀와 책상의 공통점이 뭔지 알아?"

'뭐야, 수수께끼를 하는 거잖아? 재미있겠는걸.'

앨리스는 마음이 가벼워졌다.

"알 것 같아!"

앨리스가 자신 있게 말했다.

"그럼 답을 알아맞힐 수 있다는 뜻이야?"

토끼가 깔보는 투로 소리쳤다.

"그렇다니까!"

앨리스가 이렇게 말하자 토끼가 다그쳤다.

"그럼 어서 정답을 말해 봐."

"좋아. 적어도 아는 걸 말하는 거나 아니, 말하는 걸 아는 거나 마찬가지가 아니겠어?"

앨리스가 서둘러 대답했다.

"그건 다르지! 먹는 걸 좋아하는 것과 좋아하는 걸 먹는 것이 같을까?"

해터가 강하게 머리를 흔들며 말했다.

"그래, 네 말이 맞아. 얻는 걸 좋아하는 것과 좋아하는 걸 얻는 것이 다른 것처럼 말이야."

3월의 토끼도 거들었다.

"그러니까 이런 얘기지. 내 경우엔 '잠잘 때 숨을 쉰다' 는 것은 '숨쉴 때 잔다' 와 다를 게 없거든."

잠자던 도어마우스까지도 잠꼬대를 하듯 끼여들었다.

"그건 너한테나 같은 거지!"

해터가 짜증을 내는 바람에 대화는 중단되고 말았다. 한동안 어색하게 침묵이 흘렀다. 그 사이 앨리스는 갈가마귀와 책상의 공통점을 찾느라 골몰해 있었다.

그때 침묵을 깬 것은 해터였다.

"오늘이 며칠이지?"

앨리스를 향해 이렇게 물으며 주머니에서 시계를 꺼내 흔들어 보기도 하고 귀에 대고 소리를 들어 보기도 했다.

앨리스는 잠깐 생각해 보고 나서 대답해 주었다.

"4일이야."

"이틀이나 틀리는군. 그것 봐, 버터가 이 시계에 맞지 않는다고 했잖아!"

해터가 한숨을 내쉰 뒤 토끼에게 화를 냈다.

"그래도 최고급 버터야."

토끼가 잦아드는 소리로 대답했다.

"그건 알아. 하지만 그걸 시계 속에 넣을 때 이물질이 들어갔겠지. 빵 자르는 칼로 집어넣은 게 잘못이야!"

해터는 여전히 화가 안 풀린 어조였다.

토끼는 해터로부터 시계를 받아들고 한동안 불만스런 시선으로 바라보다가 찻잔 속에 집어넣었다. 그러나 변명할 말이 떠오르지 않는지 조금 전에 한 말을 다시 되풀이했다.

"그래도 그 버터는 최고급품이었어."

잠자코 그들을 바라보던 앨리스는 호기심어린 눈빛으로 말했다.

"참 이상한 시계도 다 있네. 시간은 나타나지 않고 날짜만 나타나다니."

"그게 뭐가 이상하지? 그럼 네 시계에는 올해가 몇 년이라는 것도 나와 있단 말이야?"

해터가 볼멘소리를 했다.

"물론 그런 건 없어. 일 년은 매우 기니까 나타낼 필요가 없기 때문일 거야."

앨리스는 순순히 대답했다.

"그렇다면 내 시계는 어떤 경우지?"

해터의 말에 앨리스는 어리둥절했다. 그는 분명 영어로 말했지만 무슨 뜻인지 도무지 이해할 수가 없었다.

"무슨 뜻인지 잘 모르겠구나."

그녀는 조심스럽게 반문했다.

"도어마우스가 또 잠들었구나."

앨리스의 말에는 대꾸도 하지 않고 엉뚱한 소리를 하고 난 해터는 잠든 도어마우스의 코에 뜨거운 찻물을 부었다. 도어마우스는 놀라서 잠시 머리를 흔들어댔으나 여전히 눈은 뜨지 않은 채 말했다.

"그래, 난 내가 누구라는 걸 보여 주려고 하는 거야!"

"아직도 수수께끼를 생각하고 있니?"

해터가 다시 앨리스를 향해 물었다.

"아니, 포기했어. 그런데 해답이 뭐지?"

앨리스가 되물었다.

"나도 몰라."

해터가 이렇게 말하자 토끼도 맞장구를 쳤다.

"나도 그래."

앨리스는 어처구니가 없었다.

"시간이 아깝구나. 해답도 모르는 수수께끼를 한다는 건 시간 낭비일 뿐이야."

"너도 나만큼 시간에 대해 잘 안다면 낭비니 뭐니 하는 소리를 할 수 없을 거야. 그건 시간에 대한 모독이야."

해터가 화를 벌컥 냈다.

"무슨 소리야?"

앨리스는 해터의 말을 이해할 수가 없었다.

"알 턱이 있나."

해터가 고개를 치켜들고 그녀를 내려다보며 으스댔다.

"시간과 이야기를 나눠 본 적도 없을 테니까."

"그럴지도 몰라."

앨리스가 조심스럽게 대답했다.

"하지만 음악 시간이면 시간에 맞추기 위해 박자를 쳐."

"아, 바로 그거야!"

해터가 알 만하다는 듯 말했다.

"그는 치는 걸 싫어해. 그러니까 그에게 말만 잘하면 그는 네가 원하는 것을 들어 줄 거야. 한 가지 예를 들어 볼까? 만약 아홉시가 되어서 네가 공부를 시작해야 하는데 공부가 하기 싫다면 그에게 살짝 부탁을 하는 거야. 그럼 그는 눈 깜짝할 사이에 점심 시간을 가리키게 하거든!"

"그렇게 할 수만 있다면 얼마나 좋을까! 난 하루 종일 먹을 수 있을 게 아냐?"

토끼가 들릴락말락한 작은 소리로 중얼거렸다.

"그렇게 된다면 정말 근사하겠는데? 하지만……."

앨리스가 미심쩍은 투로 말했다.

"그 시간엔 배가 고프지 않을 텐데. 어떡하지?"

"그거야 간단하지. 진짜 점심 시간이 될 때까지 시간을 붙잡아 두면 되지 뭐."

해터가 빙글거리며 말했다.

"그럼 너도 그렇게 하고 있니?"

해터는 고개를 저었다.

"난 아냐!"

안타까운 표정이었다.

"왜냐하면 지난 3월에 싸웠거든. 바로 저 친구가 미치기 직전에 말야."

해터는 이렇게 말하면서 찻숟갈로 토끼를 가리켰다.

"하트 나라의 여왕이 개최한 음악회에서 노래를 하다 그렇게 됐어. 이런 노래를 했거든."

반짝반짝 작은 박쥐!
무얼 하며 날아가니?

"아마 너도 이 노래를 알걸?"

"글쎄, 그 비슷한 노래는 들어 본 적이 있지만……."

"그 다음을 계속해 볼까?"

해터가 다시 노래를 부르기 시작했다.

동쪽 하늘 저편에
서쪽 하늘 저편에
반짝반짝…….

잠든 도어마우스가 잠결에 끼여들었다.

"반짝반짝 반짝반짝……."

제재를 하지 않으면 이 소리는 언제까지나 계속될 것 같았다. 그들이 도어마우스를 꼬집자 그가 입을 다물었다.

"난 1절도 채 끝내지 못했는데. 여왕이 마구 소리 지르지 않겠어? '저 놈은 시간만 망치고 있어. 썩 꺼져 버려!' 하고 말이야."

해터가 말했다.

"어머, 너무 심했어!"

앨리스는 자기도 모르게 소리쳤다.

"그리고 그 다음부터는……."

해터가 서글픈 목소리로 말을 이었다.

"시간은 내가 부탁하는 건 하나도 들어주지 않게 되었어. 그래서 나에겐 항상 여섯시뿐이야."

그 말을 듣고 나자 앨리스는 문득 떠오르는 게 있었다.

"아, 그래서 여기에 찻잔이 이렇게 많이 있구나!"

"그래, 맞아."

해터가 한숨을 쉬며 말했다.

"24시간 내내 차 마시는 시간이라 그릇을 닦을 사이가 없기 때문에 자꾸만 그릇이 쌓이는 거야."

"그래서 둥근 탁자에서 이리저리 자리를 옮겨 앉는구나."

사정을 알고 난 앨리스가 동정어린 눈빛을 띠며 말했다.

"그래."

해터는 또다시 한숨을 내쉬었다.

"언제나 변함없이 되풀이해야 해."

"하지만 그렇게 자리를 옮겨 앉다 보면 제자리로 돌아올 텐데. 그땐 어떻게 하니?"

앨리스가 용기를 내어 물었다.

"화제를 바꾸는 게 좋겠군."

3월의 토끼가 하품을 늘어지게 하고 나서 그들의 대화를 방해하고 나섰다.

"이 이야긴 이제 지겨워. 아가씨가 우리에게 재미있는 이야기를 들려줘."

"난 아는 게 별로 없는데 어떡하지?"

앨리스는 갑작스러운 부탁에 놀라 당혹스러웠다.

"그럼 도어마우스가 해 줄 거야!"

두 짐승이 동시에 소리쳤다.

"도어마우스 일어나!"

그리고는 양쪽에서 쥐를 꼬집어댔다.

잠자던 쥐가 슬그머니 눈을 뜨더니 말했다.

"난 자지 않았어."

잠이 덜 깬 나른한 목소리였다.

"너희들이 하는 말을 하나도 빼놓지 않고 다 들었어."

"재미있는 이야기를 해 줘!"

미친 토끼가 졸랐다.

"그래, 부탁이야!"

앨리스가 구원군을 얻은 듯 거들었다.

"빨리 해! 그렇지 않으면 또 잠들어 버릴 테니까!"

해터가 덧붙였다. 기세에 눌린 도어마우스가 급히 이야기를 시작했다.

"옛날 옛날에 엘시, 레시, 틸리라는 이름을 가진 세 자매가 우물 밑에서 살았어……"

"그런 데서 뭘 먹고 살았지?"

음식에 관심이 많은 앨리스가 물었다.

"당밀을 먹고 살았어."

잠시 생각을 하고 난 도어마우스가 대답했다.

"그런 걸 먹으면 안 되는데. 알겠지만 그런 걸 먹으면 배탈이나."

앨리스가 걱정스럽다는 듯이 말했다.

"그래 맞아."

도어마우스가 재빨리 받아들였다.

"그래서 병에 걸리고 말았지."

앨리스는 우물 밑에서의 생활이 어떤 것일까 궁금했다.

그러나 먼저 걱정이 앞섰다.

"왜 하필 우물 밑에서 살았지?"

"차를 좀더 들지그래."

토끼가 앨리스에게 권했다. 이번엔 놀리는 게 아니라 진심으로 권하는 것이었다.

"지금까지 아무것도 마시지 않았는데 무얼 더 들라는 거야?"

앨리스가 토끼를 타박했다.

"네 말대로 아무것도 안 먹었다면 더 이상 덜 먹을 수는 없잖아. 하지만 더 먹는 것은 쉬운 일이야."

"너한테 이야기한 게 아니니까 끼여들지 마!"

앨리스가 짜증을 내며 말했다.

"지금 이야기 도중에 끼여든 게 누구지?"

해터가 더 기가 나서 말했다. 아까 앨리스에게서 핀잔을 받은 데 대한 반격이었다.

대꾸할 말이 궁색해진 앨리스는 하는 수 없이 차를 좀 마시고 버터바른 빵을 먹고 나서 잠꾸러기 쥐에게 되풀이해서 말했다.

"그들은 왜 하필 우물 밑에서 살았지?"

도어마우스는 한참 생각에 잠기더니 대답했다.

"그곳은 당밀이 솟아나오는 우물이었어."

"세상에, 그런 게 어디 있어!"

앨리스는 말도 안 되는 소리에 화가 났다. 그러나 해터나 미친 토끼는 이구동성으로 그녀에게 조용히 하라고 소리쳤다. 그러자 잠꾸러기 쥐는 의기양양한 목소리로 앨리스를 몰아세웠다.

"만약 점잖게 듣지 않으려면 나머지 이야기는 네가 해!"

"아냐, 미안해. 계속해! 다시는 방해하지 않을게. 하지만 내가 아니라도 누군가 방해할 거야."

난처해진 앨리스가 말했다.

"누가 방해할 거라고?"

쥐가 화를 벌컥 냈으나 그래도 다음 순간엔 만족한 표정으로 이야기를 이어 나갔다.

"그 세 자매는 그곳에서 그림 그리는 법을 배웠지……."

"어떤 것을 그렸는데?"

조금 전의 약속을 까맣게 잊은 앨리스가 다시 물었다.

"당밀을 그렸지."

도어마우스가 이번엔 망설임 없이 바로 대답했다.

"난 깨끗한 잔이 필요해. 모두 한 자리씩 옆으로 옮기자."

해터는 이렇게 말하면서 벌써 옮겨가고 있었다. 도어마우스가 그 뒤를 따랐다. 그렇게 되니 토끼는 도어마우스의 자리로, 앨리스는 내키지 않았지만 미친 토끼의 자리로 옮겨 앉았다. 자리바꿈으로 해서 이득을 얻은 건 해터뿐이었고, 앨리스가 가장 불쾌했다. 울며 겨자 먹는 식으로 미친 토끼가 잔뜩 어지럽혀 놓은 자리로 가야 했기 때문이었다.

다시 도어마우스가 화내는 것을 원치 않았으므로 앨리스는 아주 조심스럽게 입을 열었다.

"말도 안 돼. 도대체 그들이 어디에서 당밀을 그린 거야?"

"이런 바보 같으니라구. 물 밖에서 물을 그릴 수 있는 것처럼 당밀 우물 밖에서도 당밀을 그릴 수 있잖아. 알겠어?"

"하지만 그들은 우물 속에서 살았다며?"

앨리스는 해터와 다투기가 싫어 도어마우스에게 말했다.

"물론 우물 속에서 살았지."

이 대답에 앨리스는 더욱 어리둥절해졌다. 도어마우스의 다음 이야기를 들어보는 수밖에 도리가 없었다.

잠꾸러기 도어마우스는 다시 졸음을 견디지 못해 연신 하품을 하고 눈을 비벼가며 이야기를 계속했다.

"어쨌든 그들은 그림 그리는 법을 배우고 있었어. 그래서 그들은 M자로 시작하는 건 뭐든지 그려댔지……"

"왜 하필 M자로 시작하는 걸 그렸지?"

"왜냐구? 그러면 안 된다는 법이라도 있어?"

3월의 토끼가 짜증스레 반문했다.

앨리스는 잠자코 있기로 했다.

잠꾸러기 쥐는 어느 새 눈을 감고 꾸벅꾸벅 졸기 시작했다. 그러다가 해터가 꼬집는 바람에 놀라 깨어나서는 몸을 부르르 떨고 난 뒤 이야기를 계속했다.

"그래서 M자로 시작하는 것—예를 들면 쥐덫(mouse traps), 달(the moon), 추억(memory) 따위를 그렸지. 너 그림으로 그린 추억을 본 적이 있어?"

"어머나, 이제 나에게 묻기까지 하다니! 난 그런 그림을 본 적이 없어. 있을 리도 없으니까."

질문을 받은 앨리스는 어리둥절했다.

"그렇다면 넌 이 대화에 낄 자격이 없어!"

해터가 그녀의 말을 가로막았다.

그들의 무례한 행동을 참던 앨리스는 더 이상 참지 못하고 자리에서 벌떡 일어났다. 그녀는 자리를 떠나 걷기 시작했다. 그러는 사이에 잠꾸러기 도어마우스는 세상 모르고 잠이 들었고 나머

지 두 동물은 그녀가 자리에서 떠난 것조차 모르는 것 같았다.

앨리스는 걸어가면서도 내심 그들이 붙잡아 주길 은근히 기대했다. 그래서 두어 번 뒤돌아보았다. 그러나 그들이 그녀를 불러줄 리가 없었다. 마지막으로 돌아봤을 때 그들은 도어마우스를 찻주전자에 처넣으려고 땀을 흘리고 있었다.

"무슨 일이 있어도 이곳에는 두 번 다시 오지 않을 테야."

숲 속으로 들어가며 앨리스는 다짐했다.

"내가 이제껏 참석해 본 티 파티 중에서 이런 바보 같은 파티는 처음이야!"

이렇게 말하는 바로 그 순간 그녀는 속으로 들어갈 수 있는 문이 달린 나무를 발견했다.

"세상에 별 이상한 나무도 다 있군!"

앨리스는 또다시 호기심이 발동했다.

"어차피 오늘은 모든 일이 다 이상하니까 당장 들어가 봐야지!"

그리고는 망설이지 않고 문을 열고 나무 속으로 들어섰다. 그녀는 다시 길고 커다란 홀에 들어와 있었다. 그 두꺼운 유리 테이블도 그대로 있었다.

"그래, 이번에는 실수 없도록 제대로 하자."

이렇게 말한 그녀는 여전히 테이블 위에 놓여 있는 조그만 황금 열쇠를 집어들고 정원으로 나가게 되어 있는 커튼 뒤의 자그마한 문을 열었다. 그리고는 키가 30센티쯤 될 때까지 버섯살을 조금씩 뜯어 먹었다. 다행히 버섯살을 주머니에 한 조각 남겨 놓은 덕분이었다.

이번엔 별 어려움이 없었다. 그녀는 문을 열고 좁고 낮은 통로를 거침없이 지나 마침내 향기로운 꽃내음이 가득한 화원과 분수가 뿜어져나오는 아름다운 정원에 이르렀다.

제8장 여왕의 크로케 경기장

정원 입구에는 커다란 장미나무에 눈이 부실 정도로 하얀 장미가 만개해 있었다. 그런데 이상하게도 세 명의 정원사가 하얀 장미를 붉은 페인트로 칠하고 있었다.

앨리스는 그들의 행동이 궁금하여 견딜 수가 없었다. 그들에게로 가까이 다가가자 두런거리는 소리가 들려왔다.

"이거 봐, 다섯! 페인트를 나한테 튀기면 어떡해!"

"일부러 그런 게 아냐."

'다섯'이라고 불린 정원사가 퉁명스런 목소리로 대꾸했다.

"일곱이 내 팔꿈치를 쳤단 말이야."

그러자 그보다 아래에 있던 일곱이라는 정원사가 그를 올려다보며 소리쳤다.

"다섯, 넌 다 좋은데 가끔 남에게 책임을 전가하는 게 나빠!"

"넌 입 다물고 있는 게 좋아!"

다섯이 일곱을 찍어누르듯 소리쳤다.

"여왕님께서 바로 어제 너 같은 놈은 목을 베어야 마땅하다고 하시는 소릴 들었어!"

"왜지?"

맨 처음 말한 정원사의 목소리였다.

"이거 봐, 둘! 너와는 상관없는 일이니까 끼여들지 마."

일곱이 둘에게 말했다.

"그래, 그건 이 친구 일이야."

다섯이 나섰다.

"내가 그 이유를 말해 줄까? 요리사에게 양파를 가져다 줘야 하는데 튤립 뿌리를 갖다 줬기 때문이야."

그 말을 들은 일곱이 들고 있던 페인트 솔을 던져 버리고 푸념을 늘어놓았다.

"모든 것이 부당해······."

그러다가 앨리스의 모습을 발견한 그는 얼른 입을 다물었다. 그의 동료들도 그녀를 발견하고는 한결같이 그녀에게 고개 숙여 인사를 했다.

"실례가 아니라면 한 가지 물어 보아도 될까요?"

앨리스는 조심스럽게 말을 건넸다.

"왜 장미에다 빨간 색을 칠하는 거죠?"

다섯과 일곱은 대답 대신 둘만 바라보고 있었다. 그러자 둘이 목소리를 낮추어 대답했다.

"왜냐하면 아가씨, 이곳에는 붉은 장미가 피는 나무를 심어야 하는데 우리가 실수를 해서 그만 하얀 장미나무를 심었거든요. 만약 여왕님께서 이걸 아시는 날엔 우리는 당장 목이 날아가요. 그래서 들키기 전에 최선을 다해……."

바로 이때 불안한 눈길로 주위를 살피고 있던 다섯이 소리쳤다.

"여왕님, 여왕님이시다!"

순간 정원사들은 모두 얼굴을 땅바닥에 대고 납작 엎드렸다. 저벅거리는 발소리를 들으며 앨리스는 여왕을 보기 위해 주위를 살폈다.

맨 처음 나타난 것은 크로케용 글러브를 손에 든 열 명의 병사들이었다. 그들은 정원사들처럼 하나같이 길고 넓적한 직사각형 같은 모습이었으며, 네 귀퉁이에 팔과 다리가 달려 있었다. 그 뒤를 따라 열 명의 신하가 나타났다. 병사들처럼 둘씩 짝을 지어 나란히 걷고 있는 그들은 온몸이 다이아몬드 장식으로 덮여 있었다. 그들 뒤를 이어 열 명의 시동이 나타났다. 귀여운 그 아이들은 둘씩 손을 마주잡고 즐겁게 뛰고 있었는데 모두 하트형의 장식을 달고 있었다. 다음에 나타난 것은 초대받은 손님들인 듯했는데 대부분 여왕들이었다.

앨리스는 그들 사이에서 낯익은 모습을 발견했다. 바로 하얀 토끼였다. 토끼는 억지로 미소를 지은 채 불안하고 서두르는 기색으로 중얼거리고 있었다. 토끼는 그녀를 알아보지 못하고 지나쳤다. 그 뒤를 진홍색 벨벳 쿠션 위에 왕관을 받쳐든 하트 나라의 시종 무관이 따랐고 이 긴 행렬의 마지막으로 하트 나라의 여왕과 왕이 모습을 나타냈다.

이때 앨리스는 갈등하고 있었다. 정원사들처럼 땅바닥에 넙죽 엎드려야 할지 어쩔지 몰라서였다. 그러나 여왕의 행렬 앞에서는 꼭 엎드려야 한다는 법은 없다고 생각되었다.

'모두 다 엎드린다면 아무도 행렬을 볼 수가 없잖아. 아무도 볼 수 없다면 행차를 할 필요가 없는걸!'

그래서 앨리스는 그대로 선 채 행렬이 지나가기를 기다렸다.

앨리스의 모습을 발견한 일행이 그 자리에 멈춰 섰다. 여왕은 엄격한 목소리로 물었다.

"이 아이는 누구냐?"

여왕은 시종무관에게 물었으나 그는 머리를 조아리고 있을 뿐 아무런 말도 하지 못했다.

"바보 같은 놈!"

여왕은 화가 치미는 듯 소리치고는 앨리스에게로 돌아서서 물었다.

"애야, 네 이름이 뭐냐?"

"제 이름은 앨리스입니다. 여왕 폐하."

앨리스는 공손하게 대답하면서도 속으론 이런 생각을 하고 있었다.

'아무리 큰소릴 쳐봐야 소용없어. 한낱 트럼프의 카드일 뿐이니까 두려워할 것 없어.'

"그리고 이것들은 뭐냐?"

　여왕이 장미나무 주위에 엎드려 있는 세 명의 정원사를 가리키며 다시 물었다. 왜냐하면 땅바닥에 얼굴을 대고 납작하게 엎드려 있는 그들의 뒷모습만으로는 그들이 정원사들인지 병사들인지 신하들인지, 아니면 그녀의 세 아이들인지조차도 구별이 되지 않았기 때문이다.

"제가 그걸 어떻게 알겠습니까?"

이렇게 말하면서 앨리스는 자신의 용기에 놀랐다.

"저와는 상관없는 일이에요."

그 말을 듣고 격분하여 얼굴이 시뻘개진 여왕은 잠시 앨리스를 노려보다가 마침내 성난 맹수처럼 악을 쓰기 시작했다.

"당장 이것의 목을 베! 목을 베란 말이다……."

"안 돼요! 어리석은 짓이에요!"

앨리스의 크고 당당한 목소리에 여왕은 순간 멈칫했다.

그러자 칼의 손잡이에 손을 얹은 왕이 겁먹은 목소리로 여왕에게 말했다.

"너그럽게 봐 주시오. 어린 아이가 아니오."

여왕은 화가 치밀었으나 하는 수 없다는 듯 왕으로부터 몸을 돌려 시종무관에게 명령했다.

"저것들을 잡아 일으켜라."

시종무관이 한 발로 매우 조심스럽게 그들을 차례차례 뒤집어 놓았다.

"일어나!"

여왕의 얼음장 같은 명령이 떨어지자 정원사들은 불에라도 덴 듯 벌떡 일어나 일행을 향해 꾸벅꾸벅 절을 하기 시작했다.

"그만두지 못해!"

여왕이 다시 소리쳤다.

"네 놈들 때문에 어지러워."

그리고는 장미나무 쪽을 바라보며 물었다.

"도대체 여기서 무슨 짓들을 하고 있었던 거지?"

"여왕 폐하, 용서해 주십시오."

정원사 중 둘이 무릎을 꿇으며 떨리는 목소리로 아뢰었다.

"우리는 최선을 다해……."

"듣지 않아도 알 만하구나."

그 사이 장미나무를 자세히 살펴본 여왕이 다시 날카롭게 소리쳤다.

"저들의 목을 베라!"

명령이 떨어지자 병사 세 명이 그들의 목을 베기 위해서 나섰고, 불쌍한 정원사들은 혼비백산하여 앨리스의 뒤로 몸을 숨겼다.

"목을 베게 할 수는 없어."

앨리스는 이렇게 소리치며 정원사들을 가까이에 있는 커다란 화분 속에 숨겨 주었다. 그런 줄도 모르고 한참 그들을 찾던 병사들은 마침내 포기한 듯 제자리로 돌아갔다.

어느 새 행렬은 다시 서서히 움직이고 있었다. 병사들이 돌아오는 것을 본 여왕이 소리쳐 물었다.

"목을 베었느냐?"

"분부대로 거행했습니다. 여왕 폐하!"

병사들이 소리 높여 대답했다.

"좋아!"

이렇게 대답한 뒤 여왕이 다시 물었다.

"크로케를 할 줄 아느냐?"

병사들은 대답을 하지 않고 앨리스를 바라보고 있었다. 앨리스는 비로소 여왕이 자기에게 묻고 있다는 것을 깨달았다.

"네, 여왕 폐하!"

여왕과는 거리가 멀었으므로 앨리스도 큰 소리로 대답했다.

"그럼, 따라오너라."

앨리스는 다음에 일어날 일에 기대하면서 행렬의 틈에 끼여들었다.

"날씨가 좋군."

누군가 그녀에게 머뭇거리며 말을 걸어왔다. 하얀 토끼였다. 토끼는 불안한 표정으로 그녀를 바라보고 있었다.

"그래, 날씨가 매우 좋구나. 그런데 공작 부인은 어디 계시니?"

앨리스도 반갑게 대답했다.

"쉿! 조용히 해!"

하얀 토끼는 목소리를 낮춰 말한 뒤 불안한 눈길로 주위를 살폈다. 그리고나서 까치발로 서서 그녀의 귀에 대고 속삭였다.

"사형을 선고받았어."

"무슨 일로?"

앨리스가 놀라서 묻자 토끼가 눈을 동그랗게 떴다.

"방금 안됐다고 했니?"

"아니, 그런 말 한 적 없어. '무슨 일로?' 라고 물었어."

"공작 부인이 여왕의 뺨을 때렸거든."

토끼의 이야기를 듣던 앨리스가 깔깔대며 웃었다.

"쉿, 조용히 해!"

토끼가 놀라서 속삭였다.

"여왕이 들으면 어쩌려고 그래?"

"모두 제자리로!"

바로 이때 여왕의 호령이 떨어졌다. 어느덧 경기장에 다다랐던 것이다. 행렬 속에 있던 사람들이 명령에 따라 앞다투어 제자리로 달려가느라고 서로 부딪히고 엉키는 바람에 아수라장을 이루고 있었다. 잠시 후 모두 제자리를 찾아갔고 경기가 시작되었다.

앨리스는 이제껏 이렇게 이상한 크로케 경기는 본 적이 없었다. 한마디로 처참한 경기였다. 크로케 공은 살아 있는 고슴도치였고, 방망이 역시 살아 있는 홍학이었으며, 병정들은 몸을 굽혀 손과 발로 땅을 짚고 아치를 만들었다.

가장 어려운 일은 방망이인 홍학을 다루는 일이었다. 틈만 나면 도망치는 것을 잡아 겨드랑이에 끼고 길다란 목을 방망이처럼 펴야 했다. 그런 뒤 공인 고슴도치를 칠라치면 홍학은 고개를 비틀어 돌려 우스꽝스런 표정으로 그녀의 얼굴을 빤히 바라보는 통에 앨리스는 번번이 웃음을 터뜨리지 않을 수 없었다. 그러다 겨우 머리를 되돌려놓고 보면 이번엔 고슴도치가 어디론가 달아나 버렸다. 또 그걸 가까스로 잡아다 치려 하면 아치를 이루고 있던 병사들이 다른 곳으로 가버려 보이지 않았다. 앨리스는 이 게임이야말로 기묘하기도 하지만 정말 힘든 경기라고 생각되었다.

더군다나 경기장은 정신이 없을 정도로 소란스러웠다. 참가 선수들이 순서도 없이 한꺼번에 나서는 바람에 서로가 고슴도치를 차지하려고 악을 써대고 주먹다짐을 하고 뒤엉켜 싸워 전쟁터를 방불케 했다. 이 꼴을 보고 있던 여왕이 화가 나서 소리쳤다.

"저 놈의 목을 베라!"

"저 계집의 목을 베라!"

여왕의 입에서는 연이어 끔찍한 명령이 떨어지고 있었다.

앨리스는 점점 불안해지기 시작했다. 자신은 아직 여왕의 심기를 건드리지 않았지만 언제 어느 때 무슨 불벼락이 떨어질지 모르는 일이었다.

'그렇게 된다면…….'

앨리스는 온몸에 소름이 돋았다.

'난 어떻게 되는 거지? 여하튼 여기에 있는 것들은 목을 베는 걸 끔찍이도 좋아하나 봐. 그렇게 죽이는 데도 아직 살아남은 자들이 많으니 정말 알다가도 모를 일이야!'

앨리스는 도망쳐 나갈 궁리를 했다. 그러나 누구의 눈에도 띄지 않고 슬그머니 빠져나가기는 어려울 것 같았다.

그런데 사방을 살피던 그녀는 공중에 떠 있는 이상한 물체를 발견했다. 처음엔 그 물체가 무엇인지 알 수 없었지만 그것이 미소를 짓는 것을 발견하고는 안심이 되었다.

'체셔 고양이구나! 이제 이야기를 나눌 상대가 생겼어.'

이렇게 생각하고 있을 때 고양이의 목소리가 들려왔다.

"어때? 크로케 경긴 재미있어?"

놀랍게도 말을 하고 있는 고양이의 입만 보일 뿐 나머진 아무 것도 보이지 않았다.

앨리스는 고양이의 눈이 나타날 때까지 기다렸다가 고개를 끄덕이며 생각했다.

'아직 귀가 보이지 않으니 말해 봐야 소용없을 거야. 둘 중에 하나라도 나타날 때까지 기다려야 해.'

잠시 후 고양이의 얼굴이 모두 나타났다. 앨리스는 이야기 상대가 생긴 게 너무 기뻐서 안고 있던 홍학을 내려놓았다. 그리고 크로케 경기 이야기를 시작했다. 머리를 드러낸 고양이는 그 정도면 충분하다는 듯 더 이상의 모습을 나타내지 않을 생각인 것 같았다.

"경기는 순 엉터리야."

앨리스는 못마땅한 어조로 말하기 시작했다.

"서로 알지도 못하면서 싸움만 하고 있어. 아무런 규칙도 없나 봐. 만약 있다고 해도 아무도 지키지 않는데 무슨 소용이겠어? 그리고 살아 있는 물체로 크로케 경기를 한다는 게 얼마나 힘든지는 해 보기 전에는 상상도 못할 거야. 공노릇을 하는 고슴도치는 제멋대로 도망치지, 아치를 만들고 있어야 할 병사들은 걸핏하면 어디로 갔는지 보이지도 않지, 방망이인 홍학은 홍학대로 말을 안 듣지……. 한마디로 경기는 여왕처럼 엉망진창이야!"

"여왕은 마음에 드니?"

고양이가 나지막한 목소리로 물었다.

"말도 안 돼."

앨리스는 머리를 흔들었다.

"그 여자는 거의 미친 것같이……."

바로 그때 여왕이 그녀 뒤에 바짝 다가와 이야기를 듣고 있다는 것을 깨달았다. 앨리스는 재빨리 말을 바꿔 계속했다.

"……이기려고 하고 있어. 그러니까 이 어려운 경기도 할 만한 거지."

이야기를 듣고 난 여왕은 미소를 지으며 그녀의 곁을 지나갔다.

"도대체 넌 누구에게 이야기를 하는 거지?"

왕이 다가오며 묻다가 허공에 떠 있는 고양이의 얼굴을 발견하고는 기겁을 했다.

"소개해 드릴게요."

앨리스가 조심스럽게 말했다.

"제 친구인 체셔 고양이에요."

"생긴 게 영 마음에 안 드는구나."

왕이 고양이를 흘끔거리며 말했다.

"하지만 원한다면 내 손에 키스해도 좋아."

"그럴 생각 없소."

고양이는 한마디로 딱 잘라 말했다.

"건방지군!"

그러나 이렇게 말하는 왕의 목소리는 주눅이 들어 있었다.

"그리고 그런 눈으로 날 쳐다보지 마!"

왕은 이렇게 말하면서 앨리스의 뒤로 슬금슬금 몸을 숨겼다.

"고양이에게도 왕을 쳐다볼 자유가 있어요. 어느 책인지는 잊었지만 읽은 기억이 나요."

앨리스가 말했다.

"어쨌든 기분 나빠! 치워 버려!"

왕은 단호하게 말하고 마침 다가오는 여왕을 불렀다.

"여보, 저 건방진 고양이를 안 보게 해 주었으면 좋겠소."

여왕의 해결 방법은 뻔했다.

"당장 목을 베라!"

여왕은 주위를 돌아보지도 않고 명령을 내렸다.

"내가 망나니를 직접 데려오지."

왕이 신이 나서 달려갔다.

앨리스는 차라리 흥분한 여왕의 목소리가 잘 들리지 않는 경기장으로 돌아가 게임을 구경하는 게 낫겠다는 생각이 들었다. 게임에서 실수를 한 선수 세 명이 처형당하는 걸 목격했기 때문에 이제 그런 상황은 더 이상 보기 싫었던 것이다.

그녀가 경기장에 들어가 보니, 마침 고슴도치 두 마리가 서로 엉켜 싸우고 있었다. 치기에 안성맞춤인 기회였다. 둘 중의 어느 것이라도 맞을 것이기 때문이었다. 그러나 막상 치려 했으나 방망이인 홍학의 모습이 보이지 않았다. 한동안 두리번거린 후에야 경기장 건너편 나무 위로 날아가 있는 홍학을 찾아냈다.

그녀가 겨우 홍학을 잡아 돌아왔을 때는 이미 싸움은 끝나 고슴도치들의 모습이 사라져 버린 후였다.

"하는 수 없지 뭐."

앨리스는 한숨을 내쉬면서도 자신을 달랬다.

"어차피 병사들도 없는걸 뭐."

하는 수 없이 앨리스는 잡아 온 홍학이 또다시 도망치지 못하도록 겨드랑이에 바짝 껴안은 채 이야기를 좀더 하려고 친구에게로 돌아갔다.

그녀가 나타나자마자 문제를 해결해 달라는 듯 한꺼번에 그녀를 향해 악을 써대기 시작했다. 그녀가 오기 전에 입씨름을 벌이고 있었는지 모두 흥분한 상태였다. 한꺼번에 떠드는 바람에 제대로 알아듣기조차 힘들 정도였다.

망나니인 병사는 고양이 머리만 있고 몸통이 없으니 자기는 목을 벨 수 없다고 했다. 이런 경우는 그의 생전에 처음 당하는 일이라며 모든 책임이 앨리스에게 있다는 듯 악을 써대고 있었다.

그리고 왕의 주장은 세상에 머리가 붙어 있는 생물은 어느 것이나 목을 벨 수 있는데 무슨 억지 소리를 하느냐는 것이었다.

여왕이 소리치는 내용은 더욱 끔찍했다. 당장 고양이의 목을 베지 않으면 주위의 모든 자들의 목을 베어 버리겠다는 것이었다. 여왕의 이 마지막 호통으로 인해 주위는 무덤 속처럼 무거운 침묵과 불안이 감돌았다.

앨리스로서도 무어라 해야 할지 몰라 잠시 생각한 후 겨우 이렇게 대답했다.

"저 고양이는 공작 부인의 것이니까 그분에게 물어보는 게 좋겠군요."

"그 계집은 감옥에 있어!"

이렇게 소리친 여왕이 망나니에게 명령을 내렸다.

"당장 가서 끌고 와!"

명을 받은 망나니는 쏜살같이 달려갔다.

망나니가 멀어지자 고양이의 머리도 서서히 사라지기 시작하더니 마침내 공작 부인을 끌고 돌아왔을 때는 이미 흔적도 없이 사라진 뒤였다.

그러자 당황한 왕과 망나니가 고양이의 머리를 찾으러 미친 듯이 이리저리 뛰어다니고 있는 사이 나머지 일행은 다시 크로케 경기를 계속하기 위해 경기장으로 돌아가 버렸다.

제9장 못생긴 자라의 이야기

"귀여운 것, 다시 만나게 되어 얼마나 기쁜지 넌 짐작도 못할 거야!"

공작 부인이 다정스럽게 그녀를 껴안으며 말했다. 잠시 후 그들은 미치광이들이 아우성치는 크로케 경기장을 떠났다.

앨리스는 공작 부인이 전과는 달리 다정하게 대해 주는 것이 무척 기뻤다. 처음 식당에서 그녀를 만났을 때 그렇게 거칠게 행동했던 것은 아마 매운 후춧가루 때문이었을 것이라는 생각이 들었다.

'내가 공작 부인이라면—그러나 그다지 간절하게 바라지는 않았다—부엌에 후춧가루를 두지 않을 거야. 수프에도 후춧가루를 안 넣는 게 훨씬 맛있거든. 어쩌면 후춧가루는 사람을 과격하게 만드는 성분이 있나 봐.'

앨리스는 새로운 사실을 알게 된 걸 기뻐하면서 다시 생각에 잠겼다.

'식초는 사람을 시게 만들고, 소금은 짜게 만들지. 꿀이나 사탕은 아이들의 성격을 부드럽고 달콤하게 만들 거야. 모든 사람들이 이런 사실을 안다면 세상이 훨씬 여유로울 텐데……'

생각에 잠긴 그녀는 공작 부인이 옆에 있다는 것을 깜빡 잊고 있었다. 귓가에 공작 부인의 목소리가 들려오자 앨리스는 조금 놀랐다.

"귀여운 아가, 얘길 안 하는 걸 보니 딴생각을 하고 있었지? 확실한 내용은 기억할 수 없지만 그러면 안 된다는 법칙이 있단다."

"그런 법칙이 어딨어요?"

앨리스가 용기를 내어 반박했다.

"무슨 소리를 하는 거냐, 애야? 세상의 모든 일에는 법칙이 있단다. 우리가 모를 뿐이지."

공작 부인이 혀를 찼다. 그녀는 이렇게 말하며 앨리스의 옆으로 바짝 다가왔다.

앨리스는 그녀가 가까이 다가오는 것이 그다지 달갑지 않았다. 그 이유는 우선 공작 부인이 매우 흉측하게 생겼기 때문이었고, 그 다음 그녀의 키가 앨리스의 어깨에 턱이 닿을 정도였는데 그 턱이 매우 뾰족해서 아팠기 때문이었다. 그래도 앨리스는 상대방에게 무안을 주지 않기 위해 가까스로 참기로 했다.

앨리스는 크로케 경기장을 돌아보았다. 멀리서 보니 제법 그럴 듯하게 보였다.

"이제 경기가 제대로 진행되는 것 같군요."

대화를 계속하기 위해 앨리스가 먼저 말했다.

"그렇구나."

하지만 공작 부인의 관심은 다른 데에 있었다.

"그건 이런 법칙에 의한 거지. '사랑은 이 세상을 아름답게 만든다' 라는 법칙."

"누가 그런 소릴 했죠? 각자 자기가 맡은 일에만 충실하면 아

무 문제가 없는 거예요."

앨리스가 반박하듯 말했다.

"그래. 그것도 마찬가지 이야기야!"

공작 부인은 뾰족한 턱으로 앨리스의 어깨를 눌러대며 덧붙여
말했다.

"이런 말도 있어. '호랑이에게 물려가도 정신만 차리면 산다'
결국 같은 뜻이지."

'어쩜, 저토록 잘 둘러댈까?'

앨리스가 내심 감탄하고 있을 때 공작 부인이 말을 이었다.

"내가 왜 네 허리에 팔을 두르지 않는지 궁금하지 않니?"

앨리스가 아무 대꾸도 하지 않자 그녀는 다시 말했다.

"그건 네가 안고 있는 홍학 때문이야. 한번 모험을 해 볼까?"

"어쩌면 물지도 몰라요."

앨리스는 그녀가 제발 모험을 하지 않길 빌면서 조심스럽게 대답했다.

"정말 그럴 것 같구나."

공작 부인이 겁을 먹고 망설였다.

"홍학이나 겨자는 모두 물거든. 그럴 땐 이렇게 말하는 거야. '초록은 동색이다' 라고."

"하지만 겨자는 새가 아닌걸요."

앨리스가 눈치를 살피며 반박했다.

"그래, 그렇군."

공작 부인이 다시 고개를 끄덕였다.

"그럼 겨자는 무슨 성분일까?"

"광물성일 거예요."

앨리스는 자신이 없었으나 망설이지 않고 대답했다.

"맞아, 그럴 거야."

공작 부인은 앨리스가 무슨 말을 해도 맞다고 맞장구를 칠 것 같았다.

"이 근처에 겨자가 많이 나는 광산이 있어. 그런 경우엔 이런 속담이 어울릴 것 같은데. '광산이 많으면 많을수록 너의 것은 줄어든다' 어때?"

"아, 이제 생각났어요."

앨리스는 조금 전에 자기가 한 말이 틀렸다는 것을 깨달았다.

"겨자는 채소예요. 그렇게 보이지 않지만 사실은 채소예요."

"맞아, 네 말이 옳아!"

공작 부인은 이번에도 그녀의 말에 맞장구를 친 뒤 이어서 말했다.

"그럴 때는 이런 속담이 어울릴 거야. '되고 싶다고 생각하는 것이 되라' 더 간단히 말하자면 '남이 보는 나와 나 자신이 다르지 않다고 상상하라. 현재의 나도 또 보이지 않는 먼 훗날의 나도 다른 것이 될 수 없기 때문이다' 라는 뜻이지."

"무슨 뜻인지 제가 알아들을 수 있으면 좋겠군요. 써 주신다면 모르겠으나 그렇게 말씀하시는 건 도저히 못 알아듣겠어요."

앨리스가 공손하게 말했다.

"사실은 멋대로 지껄인 거니까 아무것도 아냐."

공작 부인은 앨리스의 표정이 재미있다는 듯이 키득거리며 말했다.

"앞으로는 그렇게 길게 말하느라고 고생하지 않으셨으면 좋겠군요."

"그런 걱정은 하지 마!"

공작 부인이 당치않은 이야기라는 듯이 손을 내저었다.

"지금까지 이야기한 것은 모두 네게 주는 내 선물이야. 알겠니?"

'별 선물도 다 있군!'

앨리스는 어처구니없다는 생각이 들었다.

'생일 선물로 그따위 것을 주지 않았으면 좋겠군!'

그녀는 이런 생각을 하면서도 입 밖으로 소리를 내지는 않았다.

"또 뭘 생각하고 있군!"

공작 부인이 다시 날카로운 턱으로 어깨를 누르며 나무랐다.

앨리스는 공작 부인이 성가시게 느껴졌다. 그래서 자신도 모르게 날카로운 목소리로 말했다.

"저에게도 생각할 권리가 있어요!"

"물론이지."

공작 부인이 신경질적으로 말했다.

"돼지에게도 하늘을 날 수 있는 권리가 있으니까. 그런 것엔 이런 속담이……!"

공작 부인이 갑자기 입을 다물었다.

'무엇 때문에 그렇게 좋아하는 속담을 말하려다가 그만두는 것일까? 그뿐 아니라 나를 잡고 있던 공작 부인의 팔이 덜덜 떨리고 있지 않은가!'

놀란 앨리스는 공작 부인의 시선을 따라가 보았다. 아, 그곳에는 무엇이 못마땅한지 얼굴을 잔뜩 찌푸린 여왕이 팔짱을 낀 채버티고 서 있었다.

"폐하, 안녕하십니까?"

공작 부인이 기어들어가는 목소리로 겨우 말했다.

"좋아, 이번엔 확실한 명령을 내리겠다!"

여왕이 발로 땅을 치며 소리쳤다.

"네 목숨과 목, 둘 중에 한 가지를 베겠다. 어떤 걸 택하겠느냐?"

피할 수 없는 명령이었다. 공작 부인은 전자를 택했고, 순식간에 흔적도 없이 사라져 버렸다.

"자, 이제 우린 경기장으로 가자."

여왕이 앨리스에게 말했다.

눈앞에서 벌어진 일에 놀란 앨리스는 말 한 마디 못하고 여왕의 뒤를 따라 크로케 경기장으로 되돌아갔다.

여왕이 자리를 비운 틈을 타 경기장의 손님들은 그늘에서 쉬고 있었다. 그러다가 여왕의 모습이 나타나자마자 재빨리 경기를 시작했다. 그러나 여왕은 그들의 목숨이 위태로울 뻔한 잠깐의 휴식을 눈치채지 못하고 있는 것 같았다.

경기는 여전히 우왕좌왕 아수라장을 이루었다.

"저 놈의 목을 베어라! 저 계집의 목을 쳐라……!"

여왕의 고함소리도 계속되었다. 여왕의 명령이 떨어지면 죄인을 처형하기 위해 아치를 만들고 있던 병사들이 하나둘 자리를 떠나는 바람에 30분쯤 지나자 운동장은 텅 비고 말았다.

그러자 여왕은 고함치기를 멈추고 거친 숨을 몰아쉬며 앨리스에게 물었다.

"못난 자라를 본 적이 있느냐?"

"아뇨. 자라가 무엇인지도 모르는걸요."

앨리스는 두려운 생각이 들어 조심스럽게 대답했다.

"자라 수프를 만드는 재료지."

"본 적도 들은 적도 없어요."

"그럼 따라 오너라. 그가 너에게 자기 이야기를 해 줄 거야."

여왕이 앞장서며 말했다. 여왕과 함께 그곳을 떠나려던 앨리스는 왕이 죄수들에게 나지막한 소리로 말하는 걸 들었다.

"너희 모두를 용서한다."

'정말 잘된 일이야!'

여왕에게 사형을 선고받은 자들이 불쌍해 못 견딜 지경이던 앨리스는 속으로 쾌재를 부르며 안도의 한숨을 내쉬었다.

여왕과 앨리스는 얼마 가지 않아 햇볕을 쬐며 잠들어 있는 그리핀(머리와 날개는 독수리이고 몸통은 사자인 동물)을 만났다.

"일어나, 이 게으름뱅이야!"

여왕이 소리쳤다.

"이 아이를 자라에게 데리고 가라. 그리고 자라가 살아온 이야기를 듣게 해 줘. 난 돌아가서 명령한 대로 처형했는지를 살펴야 하니까."

여왕은 앨리스를 그 괴상한 동물 옆에 남겨 두고 사라져 버렸다.

앨리스는 그 동물의 생김새가 전혀 마음에 들지 않았으나 야만적인 여왕을 따라가는 것보다는 그 옆에 남아 있는 게 훨씬 안전할 것 같았다.

그리핀은 마침내 졸린 눈을 비비며 일어나 앉았다. 그리고 여왕의 모습이 완전히 사라질 때까지 바라본 다음에 혀를 찼다.

"나 원 참, 우스워서……."

"뭐가 우습다는 거지?"

그리핀이 중얼거리는 게 이상해서 앨리스가 물었다.

"몰라서 묻는 거야? 여왕 말이지."

그리핀이 퉁명스럽게 말했다.

"모든 게 여왕의 환상일 뿐이야. 처형 같은 건 애초에 없었어. 알겠어?"

앨리스는 얼른 납득이 가지 않았다.

"그렇게 많은 사형 선고를 내리는 건 꿈에도 본 적이 없어!"

앨리스와 그리핀은 걷기 시작했다. 그리고 얼마 가지 않아 바위 위에 홀로 쓸쓸하게 앉아 있는 못생긴 자라를 발견했다. 가까이 다가가자 땅이 꺼질 듯한 한숨을 내쉬는 소리가 들렸다. 자라가 안쓰러운 생각이 들어 그리핀에게 물었다.

"왜 저렇게 슬퍼하는 거지?"

앨리스가 묻자 그리핀은 조금 전이나 거의 마찬가지 어조로 비꼬는 듯 말했다.

"역시 자라의 환상이지. 슬픈 일은 아무것도 없어. 알겠어?"

'알겠어, 라는 소리는 퍽도 잘하는군.'

앨리스는 그리핀을 바라보며 생각했다.

그들이 다가가도 자라는 커다란 눈에 눈물이 그렁그렁한 채 바라보기만 할 뿐 아무 말도 하지 않았다.

"여기 이 어린 아가씨가 자네의 이야기를 듣고 싶다는군."

그리핀이 자라에게 무뚝뚝하게 말을 건넸다.

"그래? 그럼 이야기를 해 주지."

못난 자라가 한숨을 쉬며 공허한 목소리로 말했다.

"둘 다 앉아요. 그리고 내 이야기가 끝나기 전에는 아무 말도 하지 말아요."

자라의 말대로 둘은 입을 다물고 한동안 앉아 있었다. 한참을 기다리던 앨리스는 짜증이 났다.

"아니, 이렇게 뜸을 들이다가 언제 이야기를 하겠다는 거지?"

하지만 앨리스는 참을성 있게 기다리는 수밖에 없었다.

"옛날 옛날엔……."

마침내 깊은 한숨을 내쉬고 난 자라가 이야기를 시작했다.

"나도 진짜 자라였단다."

그러나 이 한 마디를 한 뒤 다시 아무 말도 하지 않았다. 들리는 소리라고는 그리핀이 이따금 울먹거리는 소리와 못난 자라가 끊임없이 훌쩍거리는 소리뿐이었다.

앨리스는 당장 일어서고만 싶었다. '재미있는 이야기 잘 들었어. 그럼 이만 갈게' 하면서. 그러나 일어나 봐야 갈 데가 없었기 때문에 그녀는 아무 말 없이 앉아 있었다.

"내가 어렸을 적에는……."

자라가 이윽고 말을 이었다. 아직도 이따금 훌쩍거리긴 했으나 조금 전보다는 훨씬 진정된 듯했다.

"바닷속 학교에 다녔지. 선생은 늙은 자라였어. 우린 그분을 거북이라고 불렀지."

"거북이니까 거북이라고 부른 거지. 그렇지 않아?"

"그분이 우릴 가르쳤기 때문에 거북이라고 부른 거야!"

자라가 화를 벌컥 내며 말했다.

"넌 정말 그것도 몰라?"

"그렇게 뻔한 걸 묻다니 부끄럽지도 않아?"

그리핀마저 이렇게 덧붙였다. 그리고는 그들 괴상하게 생긴 짐 승 두 마리가 한동안 말없이 바라보고 있자 앨리스는 쥐구멍이라 도 들어가 버리고 싶은 심정이었다. 잠시 후 그리핀이 다시 입을 열었다.

"이거 봐 친구, 어서 계속해. 이러다가 해 저물겠어."

자라의 이야기가 계속되었다.

"우리는 바다에 있는 학교에 다녔지. 너는 믿지 않겠지만……."

"믿지 않는다고 말하지 않았어!"

앨리스가 자라의 말을 가로막고 단호하게 말했다.

"그랬어!"

못생긴 자라도 지지 않고 고집했다.

"입 닥치지 못해!"

앨리스가 다시 대들려고 하자 그리핀이 먼저 소리쳤다. 그래서 다시 자라는 이야기를 계속했다.

"우리는 정말 훌륭한 교육을 받았어. 매일 학교에 다니면서 말 이야."

"나도 학교에 다니고 있어. 그러니까 너무 자랑할 것 없다구."

앨리스가 힐책하듯 말했다.

"특별 활동도 있어?"

자라가 조금은 멋쩍어하면서 물었다.

"물론이지. 특별 활동으로 불어와 음악을 배운단다."

앨리스가 어깨를 으쓱이며 대답했다.

"세수하는 법도?"

이렇게 묻는 자라는 풀이 죽어 있었다.

"그런 게 어디 있어?"

자라가 놀리는 듯하여 앨리스는 화가 나서 소리쳤다.

"그렇다면 너희 학교는 정말 좋은 학교가 아냐!"

자라가 살았다는 투로 신이 나서 말했다.

"우리 학교에서는 과외로 세수하는 법도 가르치거든!"

"바닷속에서는 그런 게 필요없을 텐데?"

앨리스가 비꼬는 투로 말했다.

"내 맘대로 골라서 배울 순 없었어. 정규 과목은 무조건 다 배워야만 했으니까."

자라가 다시 한숨을 쉬며 말했다.

"그게 어떤 것들인데?"

호기심이 생긴 앨리스가 물었다.

"비틀거리기, 몸부림치기부터 시작해서……."

자라가 내키지 않는 듯 대답했다.

"갖가지 수학, 즉 야심, 정신 혼란, 추화 그리고 비웃음 등이야."

"'추화'라는 과목은 들어 본 적이 없는데……. 그게 뭐지?"

앨리스는 이번에도 무안당할 것을 각오하고 물었다.

그리핀이 놀란 듯 앞발을 쳐들어 흔들며 되물었다.

"아니, 그것도 모른단 말이야? 설마 '미화'라는 말도 모른다고 하진 않겠지?"

그리핀은 어처구니가 없다는 표정이었다.

"그건 알아. 그건…… 어떤 것을 아름답거나 예쁘게 만드는 걸 말하는 거야."

앨리스는 별로 자신이 없다는 듯 작은 소리로 대답했다.

"그걸 알면서도 '추화'를 모른다니 넌 바보야!"

그리핀이 결론을 짓듯 말했다.

앨리스는 더 이상 물어 볼 용기가 나지 않아 다시 자라에게로 시선을 돌렸다.

"그런 것 외에 또 뭘 배웠지?"

"글쎄…… 아, 신비를 배웠어!"

이렇게 대꾸한 자라는 날개처럼 생긴 손을 꼽아가며 과목을 세기 시작했다.

"고대와 현대의 신비, 그리고 바다 밑의 지리, 그 다음에 잡아 늘이기를 배웠어. 잡아늘이기 선생은 늙은 뱀장어였는데, 일 주일에 한 번씩 와서 잡아늘이기, 뻗치기, 구부려 속이기 등을 가르쳤어."

"어떻게 하는 건데?"

"지금 여기서 보여 줄 순 없어. 난 서툴러서 안 되고, 그리고 그리핀은 배우지 못했기 때문이야."

자라가 안타까운 듯 말했다.

"시간이 없었어. 하지만 난 그 대신 고전을 배웠지. 선생은 늙은 게였어."

그리핀이 변명하듯 말했다.

"난 그걸 못 배웠는데. 그 선생은 웃는 법과 슬퍼하는 법을 가르쳤다면서?"

자라가 또다시 한숨을 쉬며 말했다.

"그랬지."

이렇게 대답하고 난 그리핀도 한숨을 쉬었다. 생각해 보면 똑같이 못 배운 게 많다는 사실을 깨달은 두 짐승은 하나같이 풀이 죽어 앞발에 머리를 묻고 있었다.

"하루에 몇 시간씩 공부했지?"

그들이 측은하게 생각되어 앨리스가 재빨리 화제를 바꿔 물었다.

"첫날은 열 시간 공부하고, 다음 날은 아홉 시간, 그 다음 날은 여덟 시간, 이런 식으로 매일 한 시간씩 줄어들었어."

자라가 대답했다.

"그것 참 이상한 시간표구나!"

앨리스가 놀라 말했다.

"조금도 이상한 게 아냐. 선생들이 날이 갈수록 줄어들기 때문이지."

그리핀의 대답이었다.

그것도 그럴 듯하다는 생각이 들었다. 그래도 미심쩍은 게 있어 앨리스가 잠시 후 다시 물었다.

"그럼 열하루째 되는 날은 쉬겠네?"

"물론 그렇지."

자라가 자신 있는 목소리로 대답했다.

"그럼 열이틀째 되는 날은 어떻게 하는 거지?"

앨리스는 그들의 대답이 궁금해 바짝 다가앉으며 물었다.

"공부에 관한 이야기는 그것으로 충분해."

그리핀이 그녀의 말을 가로막듯 단호하게 말했다.

"이제 운동에 관한 이야기를 들려줘."

제10장 왕새우의 카드릴 춤

다시 긴 한숨을 내쉰 자라는 손등으로 눈을 비비며 앨리스를 바라보았다. 이야기를 시작하려는 모양이었다. 그러나 계속 훌쩍 거리다가 사례에 걸려 캑캑거렸다.

"목에 가시라도 걸린 모양이군."

그리핀은 이렇게 말하면서 자라의 등을 두들겨 주었다.

잠시 후 겨우 진정이 된 자라가 눈물을 흘리면서 이야기를 시작했다.

"너는 바닷속에서 살아 본 적이 없을 테니까……."

'그래, 살아보기는커녕 한 번도 가 본 적이 없는걸……'

앨리스는 이렇게 말하고 싶은 걸 꾹 눌러 참았다.

"왕새우와 인사를 나눌 기회가 없었던 거야."

'먹어 보기는 했지.'

이렇게 생각하던 앨리스는 자기의 생각을 들킬까 봐 얼른 고개를 저었다.

'아냐, 절대로 그런 적 없어!'

"그러니 왕새우의 카드릴 춤이 얼마나 멋있는지 짐작도 못 하겠지?"

"응, 그래. 카드릴이 어떤 춤인데?"

앨리스는 궁금했다.

"가르쳐 주지."

그리핀이 나섰다.

"먼저 바닷가에 일렬로 늘어서는 거야."

"두 줄로 말야! 물개, 자라, 연어 등이 모이지. 우선 바다의 해파리 따위를 깨끗이 치워낸 뒤……."

자라가 이어서 말했다.

"그러자면 시간이 좀 걸리지."

그리핀이 다시 나섰다.

자라도 질세라 얼른 나서며 말했다.

"두 걸음 앞으로 나가서……."

"각자가 왕새우와 짝을 짓는 거야!"

그리핀이 고함치듯 말했다.

"물론이지. 자기 짝인 왕새우와 두 번 돌고 나서……."

"짝을 바꾸고……."

"그리고 나서."

자라와 그리핀이 서로 뒤질세라 번갈아 가며 말했다.

"던져 버리는 거야."

"왕새우를!"

그리핀이 신이 나서 외쳤다.

"바다 멀리 힘껏 던지는 거야!"

"그리고 그것을 쫓아 헤엄쳐 가는 거야!"

그리핀이 다시 발을 구르며 소리쳤다.

"물 위에서 공중제비를 돌면서."

자라도 지지 않고 소리쳤다.

"그리고 다시 짝을 바꾸는 거야!"

그리핀이 목청껏 외쳐댔다.

"그리고 육지로 돌아와서는…… 여기까지가 춤의 끝이야."

자라가 갑자기 힘이 빠진 목소리로 말했다.

그리고는 지금까지 미친 듯 아우성을 쳐대던 두 짐승은 무너지듯 주저앉았다. 그리고 슬픈 표정을 지으며 묵묵히 앨리스를 바라보았다.

"아름다운 춤이겠구나."

그들이 안쓰럽다는 생각이 들었기 때문에 앨리스는 그다지 내키지 않았으나 이렇게 말했다.

"조금이라도 보여 줄까? 보고 싶니?"

"그래, 보고 싶어."

"좋아, 그럼 시작해 볼까?"

자라가 그리핀을 바라보았다.

"왕새우가 없어도 할 수 있겠지? 그런데 노래는 누가 하지?"

"네가 해. 난 가사를 잊어버렸거든."

그리핀이 서둘러 말했다.

이렇게 하여 두 짐승은 춤을 추기 시작했다. 그들은 진지한 표정을 짓고 있었다. 앨리스의 발등을 밟아 가며 자라의 노래에 앞발로 박자를 맞추며 주위를 돌고 돌았다. 노래는 애절한 어조였다.

좀더 빨리 걸을 수 없니?
뱅어가 달팽이에게 말했네.

돌고래가 내 꼬리를 밟겠어.
저기 새우와 자라가 춤추는 게 보이지!
조약돌 해변에서 우리를 기다리고 있어.
가서 함께 어울려 춤추지 않겠니?
싫어? 좋아? 싫어? 좋아? 싫어? 좋아?
함께 어울려 춤추지 않겠니?

춤추는 것이 얼마나 즐거운 일인지
넌 아마 모를 거야.
번쩍 들려 바다 저 멀리로
떨어질 때 느낄 수 있는
그 기쁨, 쾌감을 넌 모를 거야.
그러나 달팽이는 고개를 저었지.
너무 멀어, 너무 멀어.
뜻은 고맙지만
춤추지 않겠다고 말했네.
추기도 싫고, 출 수도 없고,
추기도 싫고, 출 수도 없고,
그래서 추지 않겠다고 말했지.

바다 멀리 나가는 건 신나는 일이야.
비늘 달린 친구가 말했네.
바다 저쪽에 또 다른 해변이 있지.
영국에서는 멀고 프랑스에서는 가까운 곳이지.
그렇다고 겁내진 마, 사랑스런 친구야.

자, 우리 춤이나 추자구!
좋아? 싫어? 좋아? 싫어? 좋아? 싫어?
춤이나 추자구!

"고마워. 아주 멋진 춤이구나."
춤이 끝나자 다행으로 여기며 앨리스가 말했다.
"그 뱅어에 대한 노래도 재미있고."
"아, 뱅어에 관한 거라면……. 물론 뱅어는 본 적이 있겠지?"
자라는 말할 거리가 생겨서 기쁘다는 듯 달려들었다.
"당연하지. 가끔 저녁 식탁에……."
앨리스는 무심코 여기까지 말하다가 얼른 입을 다물었다.
"그게 어디인지는 모르겠지만."
다행히 자라는 눈치채지 못하는 것 같았다.
"가끔 봤다면 어떻게 생겼는지 잘 알겠네?"
"응, 그래. 꼬리가 입에 달려 있고 온몸에 빵가루를 뒤집어쓰고 있지."
앨리스가 조심스럽게 대답했다.
"빵가루라니? 그건 아냐."
자라가 고개를 저었다.
"그렇다면 바닷물에 씻겨 버리지 그대로 있겠어? 하지만 꼬리가 입에 달렸다는 건 맞아. 왜냐하면……."
여기까지 말하던 자라는 늘어지게 하품을 하고는 눈을 감았다.
"그 이유와 나머지 이야기는 네가 좀 해 줘."
자라가 그리핀을 향해 말했다.
"그 이유는……."

그리핀이 목소리를 낮게 깔고 이야기를 시작했다.

"새우와 춤추기를 좋아해서 그래. 맨 처음 바다 멀리 던져졌을 때 너무 놀라 꼬리를 입에 물었는데 빼낼 수가 없어서 그렇게 된 거지. 이제 알겠어?"

"그랬구나."

황당한 이야기였지만 앨리스는 고개를 끄덕여 주었다.

"재미있는 이야기구나. 사실 뱅어에 대해선 잘 몰랐거든."

"원한다면 이야기를 더 해 줄 수 있어."

그리핀은 신이 나서 말했다.

"뱅어를 왜 백어(白魚)라고 하는지 아니?"

"그런 건 생각해 본 적이 없어. 그런데 왜 그러는 거니?"

앨리스는 호기심이 솟아나는 걸 느끼며 말했다.

"구두 때문이지."

그리핀이 매우 진지하게 말했다.

앨리스는 이상하게 생각되었다.

"구두 때문이라고?"

"그래, 네 구두는 뭘로 닦지?"

그리핀이 당연한 걸 모르느냐는 듯 되물었다.

"무슨 색 구두약으로 닦느냐구?"

앨리스는 자기 구두를 내려다보았다. 그리고 잠시 생각한 다음 대답했다.

"검은 구두약으로 닦지."

"그렇겠지. 하지만 바다 밑에서는……."

그리핀이 이번에도 목청을 가다듬어 목소리를 깔고 말했다.

"백어와 같은 백색으로 닦거든. 이제 알겠어?"

"그럼 구두는 뭘로 만들지?"

앨리스는 도무지 이해가 되지 않았다.

"뱀장어 가죽으로 만들지 뭘로 만들겠어."

그리핀이 짜증스럽다는 듯 대답했다.

"그런 시시한 이야기는 아기 새우한테 물어도 알려줄 거야. 그러니까 그렇게 뻔한 일은 나한테 묻지 마."

멋쩍어진 앨리스는 아까 자라가 노래하던 내용을 생각해 냈다.

"내가 만약 뱅어라면 도망칠 게 아니라 돌고래에게 이렇게 말하겠어. '따라오지 마! 우린 너와 함께 가기 싫어!'"

"그렇게는 안 돼. 돌고래가 없으면 곤란해."

자라가 놀라며 말했다.

"지각 있는 물고기라면 돌고래 없이는 아무 곳에도 가지 않아."

"아니, 그게 정말이니?"

앨리스는 놀라서 물었다.

"말한 그대로야. 나는 여행하는 물고기를 만나면 '어떤 돌고래와 함께 가는 거니?' 라고 묻거든."

"그럼 이제껏 '목적(purpose)'에 대해 말했던 거야?"

앨리스의 이 말에 뒤늦게야 자기의 실수를 깨달은 자라는 얼굴을 붉히고 벌컥 화를 냈다(돌고래 떼(porpoise)와 목적(purpose)은 발음이 비슷하여 자라가 착각했음).

"난 정확히 말했어! 네가 잘못 들은 거야!"

그때 그리핀이 둘 사이에 끼여들었다.

"자, 이제 그 이야긴 그만두고 이 아가씨의 이야기를 들어보지. 괜찮겠지?"

"오늘 아침부터 시작된 모험 이야기라면 얼마든지 할 수 있어."

앨리스가 머뭇거리며 대답했다.

"그 전의 이야기는 해도 소용없을 거야. 난 그때와는 다른 사람이 되고 말았으니까……"

"처음부터 이야기해 줘."

자라가 호기심이 어린 눈길로 바짝 다가앉으며 말했다.

"아냐, 모험 이야기를 먼저 해 줘."

그리핀이 자라를 밀쳐내며 말했다.

"처음부터 이야기하면 무척 지루할 텐데……"

이렇게 해서 앨리스는 오늘 아침 하얀 토끼를 만나면서부터 시작된 모험 이야기를 시작했다.

처음엔 괴상하게 생긴 두 짐승이 눈을 동그랗게 뜨고 입을 헤벌린 채 바짝 다가앉는 바람에 불안했다. 그러나 이야기를 하는 동안에 차츰 안심이 되었다.

두 청취자는 앨리스가 쐐기벌레에게 '이젠 늙으셨네요, 윌리엄 신부님'이란 시를 외웠다는 이야기를 할 때까지 군소리 없이 열심히 듣고 있었다. 그러나 그 시를 외우는데 어찌된 셈인지 자꾸만 엉뚱한 말이 섞여 나오더라는 이야기를 하자 자라가 길게 한숨을 내쉬고 입을 열었다.

"그것 참, 이상한 일이군!"

"그래, 그처럼 이상한 일도 없을 거야."

그리핀도 맞장구를 쳤다.

"엉뚱한 말이 나왔다고? 다른 것도 그런지 궁금하구나. 한번 외워 볼래?"

자라가 생각에 잠긴 채 말했다. 이렇게 말한 자라는 그리핀을 돌아보며 동의를 구하는 듯한 표정을 지어 보였다. 그리핀이 반대

할 이유가 없었다.

"일어서서 '그것은 게으름뱅이의 소리야' 를 외워 봐. 정신차리고!"

'아니, 짐승이 사람에게 명령을 하다니, 제멋대로군. 차라리 당장 학교로 돌아가는 게 낫겠어!'

앨리스는 속으로는 괘씸했으나 어쩔 수 없었다.

앨리스는 일어서서 외우는 수밖에 없었다. 그런데 막상 외우려하자 왕새우의 카드릴 춤 생각으로 머리 속이 가득 찼다. 그녀의 입에서는 엉뚱한 말들이 튀어나오고 있었다.

왕새우의 외침을
나는 들었네.
'날 너무 바짝 구워서
머리카락에 설탕을 쳐야겠네.'
눈꺼풀이 있는 어느 오리처럼
그는 코로
벨트와 단추를 단정히 잠그고
발을 예쁘게 꾸몄지.
백사장이 바짝 마르면
그는 종달새처럼 즐거워하며
거만한 목소리로
상어에게 말했지.
그러나 조수가 밀려오고
상어가 나타나면
그의 목소리는 겁에 질려

떨리기까지 했다네.

"그건 내가 어릴 때 외우던 것과는 다른 것 같군."
듣고 난 그리핀이 고개를 갸우뚱했다.
"난 전에 들은 적은 없지만 뭔가 앞뒤가 안 맞아."

자라도 만족하지 못한 표정이었다.

앨리스는 아무 대꾸도 하지 않았다. 그녀는 두 손에 얼굴을 묻고 이제 다시는 예전의 자신으로 돌아갈 수 없을 것 같아 두려워했다.

"어떻게 해서 그렇게 됐는지 설명해 주면 좋겠구나."

자라가 말했다.

"이 아가씬 설명할 수 없을 거야."

그리핀이 자라의 말을 막으며 말했다.

"다음 구절이나 계속해 봐."

"하지만 너무 말이 안 돼."

자라도 물러서지 않았다.

"아니, 어떻게 코로 발을 꾸밀 수 있겠어?"

"춤을 추려면 발부터 꾸며야지."

이렇게 말하면서도 앨리스는 자신이 말하는 것과 또 모든 일이 뒤죽박죽되어 정신이 없었다. 어서 화제가 바뀌기만을 바랐다.

"다음 구절을 계속해 봐."

그리핀이 끈덕지게 되풀이했다.

"나는 그의 정원을 지나쳤네, 이렇게 시작되거든."

앨리스는 틀릴 것을 뻔히 알면서도 그리핀의 명령을 어길 수 없어 떨리는 목소리로 외울 수밖에 없었다.

　　나는 그의 정원을 지나쳤네.
　　부엉이와 표범이 파이를 나누고 있는 걸
　　한눈으로 훔쳐보면서.
　　부엉이는 자기 몫을 기다리며

접시만 바라보고 있는 사이에
표범은 파이 껍질과 고기와
국물을 먹어 치웠네.
파이가 없어진 다음에야
부엉이는 스푼을 들게 되었지.
하지만 접시는 비어 있었네…….

"제발 그런 잠꼬대 같은 소린 집어쳐!"
자라가 가로막았다.

"계속하려면 부연 설명을 하든지! 도무지 무슨 소린지 알 수가 없어!"

"그래, 이제 그만두는 게 좋겠군."
그리핀이 이렇게 말했을 땐 앨리스는 너무나도 기뻤다.

"그럼 왕새우 카드릴 춤을 다시 한 번 추어 볼까?"
그리핀이 원하지도 않는 친절을 보였다.

"아니면 자라에게 다른 노래를 시킬까?"

"아, 노래가 좋겠어. 자라가 좋다면 말이야."
앨리스가 신이 나서 대답하자 그리핀이 거역할 수 없는 위엄을 갖추며 자라에게 명령했다.

"에헴, 입맛과는 관계없는 일이지만 이 아가씨에게 '자라 수프'의 노래를 해 주지 않겠나, 친구?"
자라는 긴 한숨을 내쉬고 나서 노래를 시작했다. 이따금 흐느끼느라 노래는 중단되었다가 계속되었다.

푸짐하고 맛깔스러운 초록빛

기막힌 수—프
냄비 속에서 끓고 있네.
그 누가 거절할 건가?
성대한 만찬의 수—프!
아름다운 수—프!
만—찬의 수프
아—름다운 수프!

기막힌 수—프
어느 고기에 비길까?
어느 야채에 비길까?
누가 돈을 아끼리.
누가 돈을 아끼리.
기막힌 수—프,
만찬의 수—프!

"후렴 다시!"

그리핀이 소리치자 자라가 다시 반복하기 시작했다. 그때 멀리
서 '재판을 시작한다!'는 외침이 들려왔다.

"따라와!"

그리핀이 이렇게 소리치고는 앨리스의 손을 이끌고 노래가 끝
나기도 전에 허겁지겁 그 자리를 떠났다.

"무슨 재판이지?"

앨리스가 영문을 모른 채 뛰느라 숨을 헐떡이며 물었다. 그러나
그리핀은 '따라와!' 소리만 연발할 뿐이었다. 그들이 달리면 달

릴수록 미풍에 실려 들려오는 구성진 노랫소리는 점점 희미해져
가고 있었다.

　　만찬의 수―프!
　　기가 막히게 맛있는 수―프!

제11장 누가 파이를 훔쳤을까?

그들이 재판정에 도착했을 때는 온갖 새들과 짐승들 그리고 한 세트의 트럼프 병정들이 빽빽이 들어 차 있었다. 맨 앞 옥좌에는 하트 나라의 왕과 여왕이 앉아 있었으며, 그 앞에 사슬에 묶인 시종무관 '하트의 잭'이 서 있었다. 두 명의 병사가 양쪽에서 그를 지키고 있었다. 왕 옆에는 하얀 토끼가 한 손에는 트럼펫, 다른 손엔 양피 두루마리를 쥐고 서 있었다.

재판정 한복판의 테이블에는 커다란 파이 접시가 놓여 있었는데 그 파이가 어찌나 먹음직스러운지 앨리스는 그것을 보는 순간 시장기를 느꼈다.

'재판이 빨리 끝나면 좋으련만.'

앨리스는 입안의 군침을 꿀꺽 삼켰다.

'그럼 저 파이를 골고루 나누어 줄지도 모르잖아!'

그러나 재판은 쉽게 끝날 것 같지 않았다. 앨리스는 시간을 보내기 위해 주위를 살펴보기 시작했다.

재판정 같은 곳에는 한 번도 가 본 적이 없는 앨리스였지만, 책에서 봤기 때문에 상황을 대충 알 것 같았다.

'저쪽이 판사야! 가발을 쓴 걸 보면 알 수 있거든.'

앨리스는 속으로 소리쳤다.

왕이 판사역을 맡고 있었다. 커다란 가발 위에 왕관을 얹고 있어 어색해 보였는데 그 자신도 매우 불편할 것 같았다.

'저곳이 배심원석일 거야. 그리고 저 열두 마리 동물들이 아마 배심원들일 거야.'

앨리스는 배심원이란 말을 소리내어 몇 번인가 되풀이했다. 자기와 같은 또래의 아이들이나 짐승들 중에서 그런 것까지 아는 존재는 극히 드물 것 같아 어깨가 절로 으쓱거렸다.

열두 마리의 배심원들은 무언가를 열심히 쓰고 있었다.

"저들은 무엇을 하고 있는 거지? 재판이 시작되기 전까지는 아무것도 쓸 수 없게 되어 있을 텐데."

앨리스가 그리핀에게 속삭였다.

"자기 이름을 쓰고 있는 거야. 재판이 끝나기 전에 자기 이름을 잊어버릴까 봐 두려워서 그러는 거지."

그리핀이 나직한 목소리로 대답했다.

"바보들이군!"

무심코 이렇게 소리치던 앨리스는 얼른 입을 다물었다. 하얀 토끼가 '법정에서는 정숙하시오!' 하고 소리를 쳤기 때문이었다.

왕이 안경을 꺼내 쓰고 떠든 자를 찾으려는 듯 불안한 시선으로 두리번거리고 있었다.

앨리스는 어깨 너머로 배심원석을 훔쳐보았다. 모두 '바보들이군!'이라고 쓰고 있었고, 그 중에는 더러 '바보'라는 글자도 쓸 줄 몰라 다른 자에게 묻는 동물도 보였다.

"저렇게 되는 대로 받아 쓰면 재판이 끝나기도 전에 엉망이 되겠는걸."

앨리스는 어처구니가 없었다.

그러나 연필로 판자를 벅벅 그어대는 배심원을 발견한 앨리스는 더 이상 참을 수가 없었다. 살금살금 뒤로 돌아가 기회를 틈타 연필을 빼앗아 버렸다. 그러나 그 행동이 어찌나 빨랐던지 무슨 일이 벌어진지도 모르는 가련한 어린 배심원은('빌'이라는 이름의 도마뱀이었다) 한참 동안 연필을 찾다가 마침내 포기한 듯 손가락으로 판자를 긁적거렸다. 도마뱀 빌은 난감한 표정을 짓고 있었다.

"헤럴드, 고소장을 읽어라!"

왕의 명령이 떨어졌다.

그러자 하얀 토끼는 들고 있던 트럼펫을 세 번 힘차게 분 뒤 양피 두루마리를 풀어 목청껏 읽기 시작했다.

하트 나라의 여왕폐하는
무더운 여름날 하루종일
과일 파이를 만드셨지!
하트 나라의 시종무관,
그는 그 파이를 훔쳐
어디론가 멀리 가져갔네!

"판결하라!"
왕이 배심원들을 향해 소리쳤다.
"아직 안 돼요! 아직 이릅니다!"
하얀 토끼가 놀라서 소리쳤다.
"그 전에 거쳐야 할 절차가 있습니다. 순서대로 해야 합니다."
"좋아, 첫번째 증인을 불러라!"
왕이 다시 명령을 내리자 헤럴드가 다시 한 번 트럼펫을 힘차게 세 번 불고 나서 소리쳤다.
"첫번째 증인!"
첫번째 증인은 모자를 만드는 해터였다. 그는 한 손엔 찻잔과 또 다른 손엔 버터 바른 빵을 들고 있었다.
"용서해 주십시오, 전하."
그는 먼저 깍듯하게 예의를 갖추었다.
"소환장을 받았을 땐 티 타임이 끝나지 않아 여기까지 이것들을 들고 올 수밖에 없었습니다."
"도대체 지금이 몇 시인데?"
화가 난 왕이 소리쳤다.
"티 타임은 언제부터 시작되었느냐?"

해터는 난처한 얼굴로 이제 막 재판정으로 들어서는 3월의 토끼를 바라보았다. 미친 토끼는 잠꾸러기 도어마우스와 팔짱을 끼고 있었다. 그들을 바라보던 해터는 절망한 듯 입을 열었다.

"제 생각으론 3월 14일인 것 같습니다."

그러자 미친 토끼가 어림없는 소리라는 듯 외쳤다.

"무슨 소리야? 15일이야!"

"아냐, 16일이지!"

"모두 기록하라!"

왕이 배심원들에게 명령했다. 배심원들은 기다렸다는 듯이 낙서가 가득한 판자에 그들이 말한 세 개의 날짜를 적은 뒤 돈으로 환산이라도 하려는 듯 그 뒤에 실링이나 펜스 따위의 화폐 단위를 붙였다.

"모자를 벗어라!"

왕이 해터에게 무례를 지적했다.

"이건 제것이 아닙니다."

해터가 머뭇거리며 대답했다.

"훔쳤구나!"

왕이 비명을 지르듯 외치고는 배심원들을 돌아보자 그들은 재빨리 그 사실을 기록했다.

"팔려고 가지고 온 겁니다."

놀란 해터가 부리나케 변명했다.

"제가 가지고 있는 건 모두 제것이 아닙니다. 저는 모자를 만들고 있습니다!"

여왕이 안경을 끼고 그를 날카로운 시선으로 노려보고 있었다. 해터는 더욱 안절부절못하고 새파랗게 질려 있었다.

"증언을 시작하라!"

왕의 명령이 떨어졌다.

"그리고 시간을 끌지 마라. 만약 우물쭈물한다면 당장 목을 베어 버리겠다!"

이 말에 해터는 더욱 놀란 모양이었다. 그는 양쪽 다리를 번갈아 들어올리며 여왕의 눈치를 살피다 빵을 한 입 베어 문다는 게 그만 찻잔을 깨물고 있었다.

바로 그때 앨리스는 뭔가 이상한 느낌이 들어 주위를 살폈다. 그러나 잠시 후 원인은 다른 곳이 아니라 자신에게 있다는 것을 깨달았다. 그것은 다름 아니라 자신의 몸이 다시 커지고 있었던 것이다.

순간 몸이 더 커지기 전에 이곳을 빠져나가야 한다는 생각이 들었다. 그러나 곧 마음을 바꿔 견딜 수 있는 한 지켜보기로 작정

했다.

"제발 좀 밀지 마! 숨이 막힐 지경이야!"

그녀의 옆에 앉아 졸고 있던 도어마우스가 투덜거렸다.

"나로서도 어쩔 수 없어. 나는 지금 커지고 있거든."

앨리스가 미안해하며 말했다.

"넌 여기에서 커질 권리가 없어!"

도어마우스가 호통치듯 말했다.

"어리석은 소리 하지도 마. 누구든지 자라는 법이야. 너도 그렇고."

앨리스가 지지 않으려고 소리쳤다.

"그래, 하지만 난 정상적인 속도로 크고 있어."

잠꾸러기 쥐가 반박했다.

"너처럼 터무니없이 크지는 않아."

이렇게 내뱉듯이 말한 뒤 일어서서 재판정의 다른 쪽으로 비틀거리며 가 버렸다.

앨리스와 쥐가 다투는 사이 해터에게서 눈을 떼지 않고 노려보고 있던 여왕이 도어마우스가 자리를 옮기자 한 검찰관에게 명령을 내렸다.

"지난 번 음악회에서 노래를 부른 가수들의 명단을 가져오너라."

이 말을 들은 해터는 어찌나 심하게 떠는지 구두가 벗겨져 나갔다.

"증언을 하라니까 뭘 꾸물거리는 거냐?"

화가 난 왕이 떨고 있는 해터에게 소리쳤다.

"당장 시작하지 않으면 이번엔 이유를 불문하고 목을 베어 버리겠다."

"용서해 주십시오, 전하. 저를 불쌍히 여기시옵소서."

해터가 떨리는 목소리로 말하기 시작했다.

"티 타임을 시작한 것은 약 일 주일 전이옵고…… 반짝거리기 시작한 것은……."

"반짝거리다니? 무엇이 말이냐?"

"찻잔 속의 차가 햇빛에……."

"날 놀릴 작정이냐? 계속해!"

"저를 불쌍히 여기시옵소서."

해터는 부들부들 떨며 계속했다.

"그리고 모든 물건은 햇빛이 비치면 반짝인다고…… 3월의 토끼가 말하는 바람에……."

"난 그런 말 한 적 없어!"

미친 토끼가 놀라서 소리쳤다.

"네가 그랬잖아."

해터도 목청을 높여 외쳤다.

"아니라니까."

토끼가 힘을 다해 부정했다.

왕이 배심원들에게 명령했다.

"그 부분은 삭제하라."

"아, 그럼 도어마우스가 그렇게 말했나 봅니다."

이렇게 둘러댄 해터는 불안한 시선으로 도어마우스를 찾았다. 그 역시 부정할까 봐 두려움에 떨고 있었다. 그러나 잠에 취해 있는 쥐가 알 리가 없었다.

"그래서 난 버터 바른 빵을 조금 잘라서……."

해터가 안심하고 계속하자, 배심원 하나가 가로막듯 물었다.

"도어마우스가 뭐라고 했나?"

"기억이 나지 않습니다."

"기억을 해야 하느니라."

왕의 근엄한 목소리가 재판정을 울렸다.

"그렇지 않으면 네 목을 벨 것이니라."

초죽음이 된 해터는 들고 있던 찻잔과 빵을 떨어뜨리고는 한쪽 무릎을 꿇었다.

"저를 불쌍히 여기시옵소서, 전하!"

"너는 말하는 것조차도 형편없구나."

왕이 딱하다는 듯 혀를 찼다.

이때 모르모트 한 마리가 왕의 말에 박수를 쳤으나 즉시 검찰 관에 의해 제지당했다. 제지하는 방법도 기묘했다. 검찰관은 두꺼 운 천으로 된 자루를 모르모트의 머리에서부터 뒤집어씌워 묶어 버렸다.

'어머나, 저렇게 하는 것이구나!'

앨리스는 그 광경을 보게 된 걸 기쁘게 생각했다.

증언이 끝나자 방청석에서 환호와 폭소가 터졌으나 역시 검찰 관에 의해 즉각 제지되었다.

'신문에서 이런 기사를 가끔 읽을 때마다 어떻게 하는 건지 몹 시 궁금했거든!'

"지금까지 증언한 것이 네가 아는 전부라면 내려가도 좋다."

왕이 다시 명령을 내렸다.

"저는 내려갈 수가 없습니다."

겁에 질린 해터가 간신히 대답했다.

"여기가 바…… 바닥인 걸요, 전하."

"그럼 앉으면 될 게 아니냐. 이 불쌍한 것아."

이번에도 또 모르모트 한 마리가 폭소를 터뜨렸다가 역시 같은 방법으로 제지당했다.

'어머나, 저러다 모르모트를 모두 죽이겠네!'

앨리스는 안타까웠다.

'저래선 안 되지. 보다 인도적으로 해야지. 더구나 여긴 재판정이잖아!'

"저, 저는 빨리 가서 티 타임을 끝냈으면 하는데요?"

해터가 불안한 시선으로 가수들의 명단을 들여다보고 있는 여왕을 흘끗거리며 왕에게 애걸하다시피 말했다.

"그래, 가도 좋다."

왕의 허락이 떨어지기가 무섭게 해터는 구두를 신을 생각도 못하고 재판정에서 뛰쳐나갔다.

"저자를 따라가 밖에서 목을 베어라."

마침내 가수의 명단에서 해터의 이름을 찾아 낸 여왕이 한 검찰관에게 소리쳤다. 그러나 죽을 힘을 다해 도망친 해터는 검찰관이 재판정의 문에 이르기도 전에 흔적도 없이 사라진 뒤였다.

"다음 증인을 불러라."

왕의 명령이 다시 장내를 울렸다.

다음 증인은 공작 부인의 요리사였다. 그녀는 후춧가루 상자를 들고 있었다. 앨리스는 그녀가 재판정에 들어서기 전부터 짐작하고 있었다. 문가에 앉아 있는 짐승들과 트럼프 병정들이 일제히 재채기를 하기 시작했기 때문이었다.

"증언을 시작하라!"

왕이 명령을 내렸으나 왠지 요리사는 머뭇거리고만 있었다.

"싫습니다."

요리사가 말했다.

왕은 어찌할 줄 몰라 서기격인 하얀 토끼 헤럴드를 바라보았다. 그러자 그는 재빠르게 나직한 목소리로 귀띔을 했다.

"전하, 반대 심문을 하셔야죠?"

"그래? 그렇다면 하고말고."

이렇게 말한 왕은 눈이 보이지 않을 정도로 잔뜩 얼굴을 찌푸린 채 요리사를 노려보고 있었다. 그런 다음 심각한 어조로 물었다.

"파이는 무엇으로 만들지?"

"대부분 후춧가루로 만듭니다."

요리사가 거침없이 대답했다.

"틀렸어. 당밀로 만드는 거야."

그녀의 뒤에서 잠이 덜 깬 목소리가 들려왔다. 도어마우스였다.

"저것을 당장 끌어내라!"

여왕이 날카로운 소리를 질렀다.

"당장 끌어내 두들기고, 짓밟고, 수염을 잘라 버려라."

이때부터 잠시 동안 재판정은 아직도 잠에서 덜 깬 잠꾸러기 도어마우스를 끌어내느라 한바탕 소동이 일어났다. 겨우 다시 잠 잠해졌을 때 살펴보니 이미 요리사의 모습은 보이지 않았다.

"상관없어."

왕은 오히려 잘됐다는 듯이 말했다.

"다음 증인을 불러라."

이렇게 명하고 난 왕은 여왕에게 귓속말을 건넸다.

"여보, 다음 증인의 반대 심문은 당신이 하구려. 난 이런 건 골 치가 아파 딱 질색이거든."

앨리스는 명단을 부지런히 넘기고 있는 하얀 토끼 헤럴드를 바 라보았다. 다음 증인이 누구일지 호기심이 일었다.

'아직 증거라고 할 만한 것은 아무것도 없군.'

이렇게 혼잣말을 중얼거리고 있던 그녀는 토끼가 날카롭고 가 느다란 목청을 있는 대로 뽑아 다음 증인의 이름을 부르는 것을 보고 정신이 아찔했다. 그 증인은 다름 아닌 바로 그녀 자신이었 다.

"앨리스!"

제12장 앨리스의 증언

"네."

놀란 앨리스는 엉겁결에 대답을 하며 벌떡 일어섰다. 너무 놀란 나머지 자신이 얼마나 커졌는지 까맣게 잊고 있었다. 또한 급히 일어나는 바람에 옷자락이 배심원석을 휘감아 12명의 배심원들을 그 아래에 있는 방청객의 머리 위로 몽땅 굴러 떨어뜨린 꼴이 되고 말았다.

순식간에 방청객들의 머리 위에 떨어져 버둥거리는 배심원들의 모습은 언젠가 어항을 쏟았을 때 보았던 금붕어들의 모습을 연상시켰다.

"정말 죄송합니다. 고의가 아니었어요."

당황한 앨리스는 얼른 사과를 했다. 그리고 배심원들을 차례로 집어 올려 배심원석으로 올려놓기 시작했다. 바닥에 떨어진 금붕어들을 빨리 어항 속에 집어넣지 않으면 죽게 된다는 생각이 들었던 것이다.

"배심원들이 모두 제자리로 돌아가기 전까지는 재판을 진행할 수 없다."

왕은 날카로운 눈길로 앨리스를 노려보며 위엄 있는 목소리로

말했다.

정신없이 배심원들을 집어 올리고 난 후 이제 됐구나 하는 생각으로 배심원석을 돌아보던 앨리스는 도마뱀 빌이 거꾸로 처박혀 꼬리를 흔들어 대는 걸 보고는 어이가 없었다. 그녀는 한심하다는 생각을 하며 빌을 제대로 앉혀 놓았다.

'자기 몸 하나 제대로 추스리지 못하는 게 무슨 배심원이야!'

제자리를 겨우 찾은 배심원들은 충격에서 어느 정도 안정되어 판자와 연필을 다시 찾아 들었다. 그리고 그들은 자신들이 당한 사고의 내용을 부지런히 적어 내려가기 시작했다. 그러나 도마뱀 빌은 충격에서 벗어나지 못하고 입을 헤 벌린 채 재판정의 천장만 올려다보고 있었다.

"이 사건에 대해 아는 게 있나?"

마침내 왕이 앨리스에게 물었다.

"아무것도 없습니다."

앨리스는 분명하게 대답했다.

"전혀?"

"네, 전혀 아는 바가 없습니다."

"그건 아주 중요한 일이군!"

왕이 배심원들을 돌아보며 말했다.

그러나 그들이 막 기록하려는 순간 하얀 토끼 헤럴드가 가로막았다.

"전하께서 하신 말씀은 여러분도 잘 아시겠지만 대수롭지 않다는 뜻입니다."

헤럴드의 말씨는 공손했으나 무슨 이유에서인지 잔뜩 인상을 쓰고 있었다.

"물론 대수롭지 않다는 뜻이지."

왕도 황급히 둘러대고는 혼잣말로 중얼거렸다.

'중요하다…… 대수롭지 않다…… 중요하다…… 대수롭지 않다……'

왕은 어떤 단어가 그럴 듯하게 들리는지 알아보려는 듯했다. 그러나 앨리스는 배심원석 가까이에 서 있었기 때문에 그들 중의 몇은 '중요하다'라고 적는가 하면, 다른 몇은 '대수롭지 않다'라고 써넣는 것을 보았다.

'아무려면 무슨 상관이야.'

앨리스는 혼잣말로 중얼거렸다.

이때 지금껏 노트에 무엇인가를 열심히 쓰고 있던 왕이 '정숙하라!' 하고 외친 다음 노트에 적은 것을 읽어 내려갔다.

"제42조. 누구를 막론하고 키가 1마일 이상 되는 자는 법정에서 떠나야 한다."

재판정 안의 모든 시선이 앨리스에게로 집중되었다.

"제 키는 1마일이 되지 않아요."

앨리스가 당당하게 소리쳤다.

"아냐, 1마일이 넘겠는걸."

왕이 억지를 부리자 여왕까지 합세했다.

"거의 2마일쯤 될 거야!"

"어쨌든 저는 안 나갈 거예요."

앨리스는 조금도 물러서지 않았다.

"그 규칙은 이제 막 왕께서 마음대로 만드신 거잖아요."

"무슨 소리를 하는 거냐? 이 법률은 가장 오래 된, 그러니까 맨 처음 만들어진 법률이야."

"그렇다면 제1조가 아니고 어째서 제42조인 거죠?"

그 말에 왕은 얼굴이 창백해져 황급히 노트를 덮었다.

"판결하라!"

하고 배심원들에게 외쳐대는 왕의 목소리는 떨리고 있었다.

"안 됩니다, 전하. 아직 제출할 증거가 남았습니다."

하얀 토끼 헤럴드가 급히 뛰어나와 가로막으며 봉투 한 장을 들어 보였다.

"방금 이 봉투를 주웠습니다."

"그 안에 무엇이 들어 있나?"

이번에는 여왕이 급히 물었다.

"아직 열어 보진 않았습니다만 이것은 피고가 누군가에게 보내는 편지 같습니다."

헤럴드가 대답했다.

"당연할 테지."

앨리스로부터 화제가 바뀐 게 다행이라는 듯 왕이 확신에 차 말했다.

"편지를 받아 볼 사람이 없진 않겠지?"

"받는 사람이 누구입니까?"

배심원 하나가 물었다.

"누구에게 보낸 게 아니오. 봉투엔 아무것도 적혀 있지 않소."

이렇게 말하며 토끼는 봉투를 뜯어 내용물을 꺼내들었다.

"이건 편지가 아닙니다. 시가 한 수 적혀 있군요."

"피고가 직접 쓴 거요?"

다른 배심원이 물었다.

"아니오, 그런 것 같지 않습니다."

무슨 이유에선지 이렇게 대답하고 난 하얀 토끼가 덧붙여 말했다.

"하지만 이 세상에서 가장 기묘한 시인 것 같아요."

배심원 모두가 난처한 표정으로 하얀 토끼와 왕을 번갈아 바라보았다.

"필시 누구의 필적을 흉내냈을 테지!"

왕이 뻔하다는 듯 말하자 배심원들의 표정이 밝아졌다.

왕의 말뜻은 묶여 있는 시종무관을 가리키는 것이었기 때문이다.

"전하, 아닙니다. 제가 쓴 게 아닙니다. 끝에 서명도 없으니까 아무런 증거도 없지 않습니까?"

피고인 시종무관이 놀라서 소리쳤다.

"네가 서명을 하지 않은 것은……."

왕은 빙그레 웃으며 덧붙여 말했다.

"네 죄만 더 무겁게 하는 짓이 된다. 떳떳하지 못한 짓을 했기 때문에 서명을 하지 않았던 것이야. 만약 올바른 행동을 하는 정직한 자라면 왜 서명을 하지 않았겠느냐!"

방청석에서 박수소리가 터져나왔다. 왕이 처음으로 그럴 듯한 말을 했기 때문이었다.

"이제 저자는 분명히 유죄임이 밝혀졌으니 어서 목을……."

"잠깐, 그런 건 증거가 되지 못해요!"

앨리스가 여왕의 말을 막았다.

"시가 어떤 내용인지도 모르잖아요?"

"그렇다면 그걸 읽어 보라!"

왕이 마지못해 말했다.

안경을 꺼내 쓴 헤럴드가 왕에게 물었다.

"어디서부터 읽을까요, 전하?"

"처음부터 끝까지 모두 읽어라."

왕이 다시 근엄한 목소리로 명령했다.

"그리고 다 읽은 다음엔 멈춰라!"

하얀 토끼 헤럴드가 시를 낭송하기 시작하자 재판정은 찬물을 끼얹은 듯 조용해졌다.

그녀에게 다녀오라고 말했네.

그리고 그에게도.

그녀는 나를 보고 근사하다고 했지만

난 수영을 못한다고 고백했지.

내가 가지 않았다고 그가 말했네.

'그것이 사실이라는 걸 알고 있지.'

만약 그녀가 그 일을 내게 미룬다면

그대는 과연 어떻게 될까?

난 그녀에게 하나를, 그들은 그에게 둘을 주었네.

그대는 우리에게 셋 이상을 주었지.

그들은 그에게서 모든 것을 빼앗아 그대에게 주었네.

예전엔 내것이었던 것을.

만약 그녀나 내가 이 사건에

우연히 연루된다면

그는 예전에 우리가 그랬듯이

그대가 그들을 자유롭게 해 줄 것으로 믿네.

내가 아는 것은 그대의 짓이라는 것이네.
'그녀가 그렇게 하기 전에'
그와 우리와 그것 사이를 떼어놓는
장벽이 생기고 말았네.

그녀가 그들을 무엇보다 좋아한다는 걸
그에게는 말하면 안 되네.
이것은 언제까지나 그대와 나
그리고 누구에게도 밝힐 수 없는 비밀이라네.

"이것이야말로 이제껏 듣던 것 중 가장 확실한 증거로군!"
왕이 만족스럽다는 듯 두 손을 비비며 말했다.
"그러니 이제 배심원들에게……."
"누가 이 시를 알기 쉽게 설명한다면……."
앨리스가 가로막고 나섰다. 그녀는 몇 분 동안 또 커졌기 때문에 아무런 주저없이 왕의 말을 자를 수 있었다.
"당장 그에게 6펜스를 주겠어요. 이 시에는 아무런 뜻이 없다고 난 믿고 있어요."
배심원들은 부지런히 판자 위에 기록하고 있었다.
'그녀는 이 시에는 뜻이나 핵심이 없다고 믿고 있다.'
그러나 아무도 설명하겠다고 나서는 자가 없었다.
"만약 이 시에 뜻이 없다면 애써 설명할 필요도 없지. 그 뜻을 찾을 고생을 안 해도 될 테니까. 하지만 확실히 모르겠군."
왕의 목소리가 들려왔다. 왕은 시가 적힌 종이를 토끼로부터 받아 무릎 위에 펴놓고 한쪽 눈으로 들여다보았다.

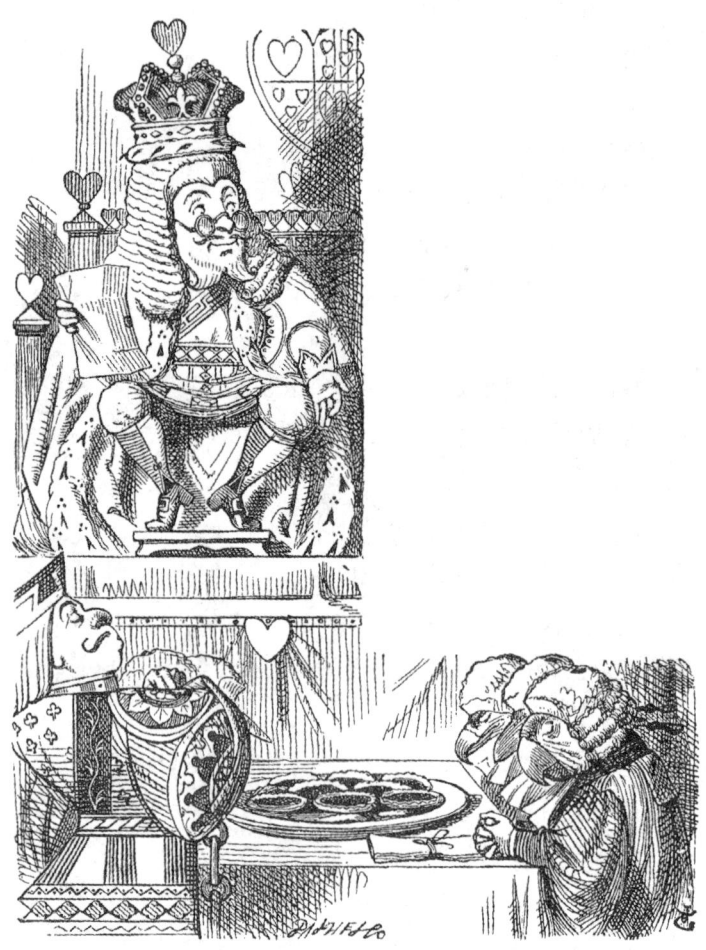

"내가 보기엔 '수영을 못한다고 고백했지' 이런 구절이 마음에 걸리는데. 수영을 할 줄 모르지? 그렇지 않나?"

왕이 묶여 있는 시종무관에게 묻고 있었다.

피고는 슬픈 표정으로 고개를 저었다.

"제가 그렇게 보입니까?"

온몸이 넓적하고 두꺼운 종이로 만들어진 그가 수영을 한다는 건 상상하기 어려웠다.

"좋아. 여기까지는."

이렇게 말한 왕은 시를 읽어 내려가며 혼잣말처럼 중얼거리기 시작했다.

"'그것이 사실이라는 걸 알고 있지' 이것은 배심원들에게 해당되는 구절이고, '만약 그녀가 그 일을 내게 미룬다면' 이건 여왕을 가리키는 말이 틀림없고, '그대는 과연 어떻게 될까?' 정말 난 어떻게 되는 거지? '난 그녀에게 하나를, 그들은 그에게 두 개를 주었네.' 그래, 바로 이 구절이야. 저 자가 파이를 어떻게 했다는 게 여기에 나와 있군!"

"하지만 그 다음에 '그들은 그들에게서 모든 것을 빼앗아 그대에게 주었네'라는 구절이 있잖아요?"

앨리스가 반박했다.

"바로 그거야! 그게 저기에 있지 않느냐!"

왕이 승리에 들뜬 목소리로 소리치며 테이블 위에 놓여 있는 파이를 가리켰다.

"저것보다 분명한 증거가 어디 있겠어. 자 다음을 볼까? '그녀가 그렇게 하기 전에' 여보, 여기 나와 있는 대로 당신이 그런 짓을 하지 않으리라고 생각하는데?"

왕이 여왕에게 묻고 있었다.

"절대로 그런 적 없어요. 그 시에도 그렇게 쓰여 있잖아요."

여왕은 이렇게 소리치며 잉크 스탠드를 들어 도마뱀 빌에게로 냅다 던졌다.

불쌍한 빌은 이제까지 손가락으로 판자에 글씨를 쓰고 있었다. 그러나 아무런 흔적도 남지 않아 고민하던 중이었다. 그런데 마침 여왕이 던진 스탠드가 얼굴에 맞아 잉크가 줄줄 흘러내리자 손가락에 찍어 부지런히 쓰기 시작했다.

"자, 이제 배심원들은 판결을 내려라!"

왕은 이제껏 수십 번 되풀이했다가 번번이 묵살된 명령을 다시 근엄하게 내렸다.

"안 돼! 안 돼! 선고가 먼저야! 판결은 그 다음이야!"

여왕이 소리쳤다.

"선고를 먼저 한다는 건 당치 않아요!"

앨리스도 맞받아쳤다.

"입 닥치지 못해!"

화가 난 여왕은 얼굴이 새빨개져서 소리쳤다.

"그럴 수는 없어요."

앨리스가 마주대고 악을 쓰자 여왕은 분을 참지 못하고 있는 힘을 다해 목청껏 외쳐댔다.

"이것의 목을 베어라!"

그러나 아무도 움직이려 하지 않았다.

"너희들을 겁낼 사람이 어디 있어?"

앨리스가 코웃음을 쳤다. 그녀는 이제 본래의 그녀 모습으로 되돌아와 있었다.

"너희들은 보잘것없는 트럼프 카드일 뿐이야."

그러자 장내에 있던 모든 트럼프 병정들, 아니 트럼프 카드들이 일제히 공중으로 떠올랐다가 그녀를 향해 덤벼들었다. 겁이 나기도 하고, 화도 나 비명을 지른 앨리스는 카드를 떨어뜨리기 위해 두 팔을 휘젓기 시작했다.

그러나 문득 눈을 뜬 앨리스는 자기가 양지바른 언덕에서 언니의 무릎을 베고 잠들어 있었다는 걸 깨달았다. 언니는 앨리스의 얼굴 위로 떨어져내리는 낙엽을 부드러운 손길로 치워 주었다.

"앨리스, 이제 그만 일어나렴."

언니가 미소를 지으며 부드럽게 말했다.

"웬 낮잠을 그렇게 곤하게 자니? 잠꼬대까지 하면서."

"언니, 너무너무 이상한 꿈을 꾸었어!"

이렇게 말한 뒤 앨리스는 꿈 이야기를 기억하는 데까지 낱낱이 언니에게 들려주었다.

이야기를 모두 들은 언니는 빙그레 웃으며 그녀에게 입맞춤을 한 뒤 말했다.

"정말 이상한 꿈이구나. 하지만 빨리 가지 않으면 차 마실 시간에 늦겠는걸."

앨리스는 벌떡 일어나 집을 향해 달리기 시작했다. 뛰면서도 앨리스는 정말 신기하고 이상한 꿈이라고 생각했다.

앨리스가 그곳을 떠난 후에도 언니는 턱을 고이고 서편의 노을을 바라보고 있었다. 귀여운 동생의 '신기한 꿈속 모험'을 생각하다가 자신도 모르는 사이에 깜빡 잠이 들어 꿈을 꾸고 있었다.

먼저 그녀는 앨리스의 꿈을 꾸었다. 무릎 위에 조그마한 두 손을 얌전히 모으고 앉아 호기심으로 반짝이는 두 눈을 들어 그녀를 올려다보는 앨리스의 모습이었다. 앨리스는 귀여운 입술을 달싹거리며 무슨 말인가를 하고 있었고, 이따금 머리를 치켜들며 이마로 흘러내린 머리카락을 뒤로 넘겼다. 그런 모습을 바라보고 있는 사이에 그녀는 동생의 꿈속에 등장했던 진기한 수많은 짐승들이 내는 소리를 듣게 되었다.

바쁘게 뛰어가는 하얀 토끼의 발길에 스쳐 바스락거리는 풀잎 소리, 놀란 생쥐가 눈물의 바다에서 헤엄치는 소리, 3월의 토끼와 그의 친구가 찻잔을 부딪히는 소리, 불운한 손님들을 처형하라고 명령하는 여왕의 날카로운 외침, 접시나 쟁반이 요란하게 깨지는 소리와 공작 부인의 품에 안긴 돼지아기의 재채기 소리, 그리핀의 괴상한 고함 소리, 도마뱀 빌이 판자 위에 연필을 긁어대는 소리, 자루 속에 갇힌 모르모트의 신음 소리 등이 못생긴 자라가 흐느끼는 소리와 어우러져 아득하게 들려오고 있었다.

그러다가 비몽사몽 꿈에서 깬 언니는 자기도 앨리스가 다녀온 '이상한 나라'에 있다고 믿고 싶었다. 하지만 눈을 뜨면 모든 것은 현실로 바뀔 것이라는 것도 잘 알고 있었다.

풀잎이 스치며 스러지는 소리는 바람의 단순한 몸짓일 뿐이며, 헤엄치는 소리로 들린 것은 갈대가 바람에 흩날리는 소리이다. 또 찻잔 부딪히는 소리는 양 떼의 방울 소리이고, 여왕의 호통은 목동의 외침일 뿐이다. 자라의 흐느낌은 멀리서 울어대는 소의 울음 소리이고, 그 밖의 여러 가지 이상한 짐승의 소리들은 바쁜 농장에서 들려오는 떠들썩한 소리인 것이다.

마침내 현실로 되돌아온 그녀는 귀여운 동생이 세월이 흘러 성숙한 여인이 되었을 때의 모습을 그려보았다. 그리고 앨리스가 그

때까지도 소박하고 사랑스런 마음을 지니고 있을까, '이상한 나라의 모험' 같은 이야기에 호기심으로 눈을 반짝이며 귀를 기울일까, 그리고 어린 시절 행복했던 여름날을 기억하며 하찮은 짐승들이 슬퍼하면 같이 슬퍼하고 기뻐하면 같이 기뻐하던 아름답고 따뜻한 감정을 그대로 지니고 있을까를 생각하고 있었다.

《이상한 나라의 앨리스 *Alice's Adventures wonderland*》 바로 읽기

권순긍(세명대 교수)

1. 21세기의 아이들에게 '앨리스의 이야기'는 어떤 의미를 갖는가

《이상한 나라의 앨리스》는 풍부한 상상력과 흥미로운 모험으로 가득 찬 동화다. 애초에 루이스 캐럴(Lewis Carroll)의 모험 이야기는, 당대의 유명한 소설가와 동화작가의 요청에 의해 책으로 출판되었다. 그리고 앨리스의 이야기는 출판되자마자 영국에서 가장 인기있는 동화가 되었으며, 세계적으로 퍼져나갔다.

하지만 21세기를 살고 있는 아이들에게 앨리스의 모험 이야기는 예전과 같은 재미를 자아내지 못하는 것 같다. 컴퓨터가 만들어낸 가상 세계와 우주의 광대한 영역 속에서 자신의 상상력을 마음껏 펼칠 수 있는 21세기의 아이들에게 그것은 당연한 일인지도 모른다.

그러면 앨리스의 이야기는 더 이상 존재할 의미나 가치가 없는 것일까. 그렇지 않다고 생각한다. 그 가장 중요한 이유가 최근 컴퓨터와 대중매체를 통해 아이들이 접하게 되는 환상과 모험의 세계가 그다지 바람직한 것으로 보이지 않기 때문이다. 백인문화의 우월성이나 가부장적인 권위를 암암리에 담고 있는 디즈니랜드의 만화가 그러하며, 대부분 게임의 형태로 만들어진 컴퓨터의 가상 세계는 적과의 무차별적인 싸움에서 승리한 자만이 생존하는 적자생존의 규칙을 아이들의 무의식 속에 심어주고 있다. 권선징악의 교훈적인 논리를 직접적으로 드러내는 텔레비전의 어린이용 프로그램은 더욱 말할 것도 없다.

이러한 상황에서 근대적인 환타지 아동문학의 새로운 장을 열었던 앨리스의 모험 이야기는 많은 점을 시사해 준다. 출판될 당시 앨리스의 이야기는 아이들에게 풍부한 상상력과 환상의 세계를 통해 아름답고 순수한 꿈을 심어주었던 한편, 어른들에게는 당대 사회에 대한 풍자와 비판을 읽는 즐거움을 주었다고 한다. 앨리스의 이야기가 이처럼 아이들과 어른들을 동시에 만족시킬 수 있었던 이유는 무엇일까. 그 이유를 분석해 봄으로써, 오늘날 우리 사회가 필요로 하는 환타지 아동문학의 발전방향도 함께 살펴볼 수 있을 것이다.

2. '앨리스의 이야기'가 탄생된 배경

(1) 작가에 대하여

《이상한 나라의 앨리스》를 쓴 루이스 캐럴은 옥스퍼드 대학에서 수학을 가르쳤던 교수였다. 그는 본명인 찰스 L. 도지슨(Charles Lutwidge Dodgson)으로 많은 수학 책을 썼으며, 대학

문제를 다룬 해학적인 소책자 《한 옥스퍼드 젊은이의 비망록 *Notes by an Oxford Chiel*》은 지금까지도 읽힌다. 그러나 정작 그는 본업인 수학자나 교수가 아니라 동화작가로서 당대와 후대에 이름을 남겼다.

루이스 캐럴은 1832년 1월 27일 영국의 체셔 주 데어스베리에서 11남매의 장남으로 태어났다. 그의 아버지는 데어스베리의 목사였으며 수학에도 조예가 깊은 유명한 학자였다. 그는 열두 살까지 아버지로부터 교육을 받았다. 데어스베리는 외딴 시골마을이었기 때문에 가족들 외에는 친구가 거의 없이 지냈다. 부끄럼이 많고 말을 좀 더듬었던 캐럴은 가족들을 즐겁게 해주는 놀이와 이야기들을 만들어내곤 하였다. 열두 살에 요크셔의 리치먼드 스쿨(1844~1845)을 다닌 뒤 럭비 고등학교(1846~1850)에 진학하였다. 그는 고등학교 생활에서 즐거움을 느끼지 못했는데, 천성적으로 수줍음이 많은 데다 잦은 병치레로 한쪽 귀가 멀었기 때문에 동료들로부터 시달림을 받았던 것으로 보인다. 대신 이 기간에 시와 소설의 창작에 몰두하였으며, 가족들의 이야기를 모은 《렉토리 매거진스 *Rectory Magazines*》, 《목사관의 우산 *The Rectory Umbrella*》 등을 출판하였다.

캐럴은 1850년 옥스퍼드 대학의 크라이스트 처치 칼리지(Christ Church College)에 입학하였다. 그는 수학과 고전 과목에서 두각을 나타냈으며 장학생으로 선발되었다. 1854년 12월 학교를 수석으로 졸업한 뒤에는 수학 교수로 임명되었다. 캐럴은 1898년 예순여섯 살의 나이로 사망할 때까지 크라이스트 처치에서 주는 장학금을 받았으며, 기숙사에서 계속 생활하였다. 이 장학금은 당시의 모든 특별 연구원들과 마찬가지로 결혼하지 않는다는 조건이 붙어 있었다. 만약 캐럴이 목사가 되었다면 결혼도 할 수 있고 대학으로부터 교구를 배정받을 수도 있었을 것이다. 그러나 캐럴은 자신이 성격상 목사가 되기에는 부적합하다고 판단하여, 수학 교수로서 평생동안 독신으로 지냈다.

그는 1856년 3월에 시 〈고독 *Solitude*〉을 발표하면서 루이스 캐럴이라는 필명을 처음으로 사용하였다. 이 필명은 자신의 본명인 찰스 루트위지를 라틴어로 번역한 카롤루스 루도비쿠스를 순서를 바꾼 뒤 영어로 다시 번역하여 얻어낸 것이라고 한다. 그 뒤 학술적인 글 이외의 모든 작품에는 이 필명을 사용하였다.

이제 《이상한 나라의 앨리스》가 만들어진 배경을 살펴보자. 캐럴은 여러 명의 어린 동생들을 돌보면서 자랐던 까닭에 어른이 되어서도 아이들과 어울리는 것을 좋아하였다. 수줍음이 많고 말을 더듬어서 사람들과 잘 어울리지 못했던 그였지만 아이들과는 자연스럽고 쉽게 친해질 수 있었다. 당시 크라이스트 처치의 헨리 리델 학장에게는 세 명의 딸—앨리스, 로리나, 에디스가 있었는데, 캐럴을 매우 따랐다. 그는 세 자매에게 자신이 꾸며낸 환상적인 이야기들을 큰 종이에다 그림을 그려가면서 들려주곤 했다.

1862년 7월의 어느 날 캐럴은 세 자매와 친구를 데리고 템스강으로 소풍을 갔다. 그는 보트를 타고 즐겁게 뱃놀이를 하던 중에 앨리스를 주인공으로 한 모험 이야기를 꾸며서 들려주었다. 뒷날 캐럴은 그 당시를 이렇게 회상하였다.

"무언가 새로운 이야기를 지어내기 위해 머리를 짜내면서 여주인공을 무작정 토끼 굴 밑의 땅 속으로 내려보냈다. 그 뒤를 어떻게 이어가야 할지 전혀 구상하지 못한 채 시작했다."

평소보다 훨씬 더 흥미진진한 이야기를 듣고 난 리델의 딸 앨리스는 그에게 그날 들려준 이야기를 글로 써 달라고 졸랐다. 집으로 돌아온 캐럴은 당시의 이야기를 기억하고, 또 이전에 세 자매에게 들려주었던 모험 이야기를 덧붙이기도 하면서, 자신이 직접 그린 독특한 삽화를 곁들인 한 편의 동화《앨리스의 땅 속 모험 Alice's Adventures underground》을 완성하여 앨리스에게 선물하였다.

그런데 얼마 뒤 당대의 유명한 소설가 헨리 킹즐리가 학장의 집을 방문했다가 이 동화를 읽고 나서 즉각 책으로 출판하자고 제의하였다. 얼마간 망설였던 캐럴은 동화작가인 친구 조지 맥도널드의 격려에 힘입어《앨리스의 땅 속 모험》의 내용을 얼마간 수정한 뒤 유명한 만화가 존 테니얼에게 삽화를 부탁하여 1865년《이상한 나라의 앨리스 Alice in Wonderland》를 출판하게 되었다. 이 책은 출판되자 꾸준히 판매가 증가하였다.

앨리스의 이야기가 어린이들에게 매우 인기를 끌자 캐럴은 리델 자매에게 들려준 다른 이야기들을 바탕으로 속편《앨리스의 거울 속 여행 Through the Looking-Glass and What Alice Found There》을 1872년에 출판하였는데, 이 책도 전편에 못지않은 걸작으로 찬사를 받았다. 캐럴이 사망할 무렵에는 앨리스의 이야기가 영국에서 가장 인기 있는 동화책이 되었고, 그후 세계적으로도 가장 인기를 끄는 유명한 책이 되었다.

(2) 시대적 배경에 대하여

《이상한 나라의 앨리스》는 당대의 아이들과 어른들이 함께 읽으며 좋아했던 동화책이었다. 물론 《이상한 나라의 앨리스》는 아이들에게 도덕적인 교훈을 전달하기 위해 쓰여진 우화(寓話)가 아니며, 또한 당시 사람들의 관심을 끌었던 종교적·정치적·사회적인 문제들에 대해서 작가 자신의 태도를 직접적으로 표명하고 있는 작품도 아니다. 그럼에도 불구하고 앨리스의 이야기는 아이들에게 풍부한 상상력과 환상의 세계를 통해 아름답고 순수한 꿈을 심어주었던 한편, 어른들에게는 당대 사회에 대한 풍자와 야유를 느끼게 해 주었다.

앨리스의 이야기가 이처럼 아이들과 어른들을 동시에 만족시킬 수 있었던 이유를 알기 위해서는 먼저 이 이야기가 쓰여질 당시의 사회적인 배경을 자세히 알아보는 것이 도움이 된다.

앨리스의 이야기가 만들어지고 출판되었던 1860년대는 빅토리아 여왕 시대(1832~1901)의 중반기에 해당한다. 빅토리아 여왕 시대는 영국의 산업이 농업 중심에서 상업과 제조업 중심의 근대 도시 경제로 전환하면서 급격히 팽창하고 진보하였던 때이다. 또한 빠른 철도와 철제 선박, 증기의 개발, 전신기, 대륙간 해저 전선, 마취제 등의 발명으로 미지의 세계에 대한 동경과 모험의 기운이 팽배해 있었다. 영국의 사학자 토마스 아놀드(Dr. Thomas Arnold)는 빅토리아 여왕시대의 놀라운 발전을 일컬어 "과거 300년에 해당될 만한 삶을 30년에 살고 있다"라고 표현하였다. 이러한 발전은 당시의 영국 국민들에게 산업적·경제적인 우월에서 오는 자신감을 갖게 하였고, 미래에 대한 확신과 신념을 가져다주었다. 그러나 다른 한편에서 급격한 발전은 전통적인 삶의 리듬과 인간관계를 붕괴시켰으며, 그로 인한 상실감과 불안을 느끼게 하였다.

역사가 데이비드 톰슨(David Thomson)은 이러한 시대적 성격을 "맹렬한 활동과 힘찬 변화의 시기이며 또한 사상의 발효기이자 거듭되는 사회적 불안의 시기이고 위대한 창의력과 팽창의 시기"라고 정의하였다. 즉 빅토리아 여왕 시대는 확신과 신념의 시대 · 고뇌와 혼돈의 시대가 공존하고 있었던 것이다.

빅토리아 여왕 시대의 문학이 지닌 특징은 사회의 변화와 함께 문학의 스타일과 소재가 다양해진 데 있었다. 그리고 예전부터 내려온 문학의 교훈적인 성격은 그대로 유지한 채, 민주적인 사회에 적합한 문학과 예술의 기능에 대하여 여러 가지 모색이 시도되었다. 한 예로써 당시의 소설가들은 19세기적인 일상 생활을 충실하게 사실적으로 묘사하고자 노력하였다. 이들은 급격한 발전과 변화에 따른 가족, 이웃, 직장 동료들과의 관계 변화에 주목하였으며, 인간의 내면 심리에도 관심을 기울이기 시작하였다.

이 시대의 대표적인 작가로는 시에서 테니슨과 로버트 브라우닝, 키플링, 스윈번 등이 있었으며 소설에서는 토마스 하디, 샬럿 브론테와 에밀리 브론테, 찰스 디킨스, 조지 엘리어트 등이 활동하였고 극작가로 오스카 와일드, 산문가로는 토마스 카알라일, 월터 페이터, 매슈 아놀드 등이 있었다. 그리고 이 시기의 대표적인 사상가로는 다윈의 《종의 기원》(1859), 존 스튜어트 밀의 《자유론》(1859), 마르크스와 엥겔스의 《공산당 선언》(1847), 《자본론》(1867) 등이 주목받았다. 이들의 사상은 종교적인 논쟁을 격렬하게 불러일으켰으며(《종의 기원》), 여러 가지 사회적 · 정치적 · 경제적 관계 속에서 인간 본연의 권리에 대한 새로운 의식을 심어주었고(《자유론》), 지주와 신흥 자본가들의 기득권에 대항하여 노동자들의 계급적 각성과 혁명을 촉구(《공산당 선언》과 《자본론》)하였다.

그러면 실제로 빅토리아 여왕 시대 사람들의 삶은 어떠하였을까.

빅토리아 여왕이 즉위한 뒤 선거법이 개정되어 중산계급의 남자들에게까지 선거권이 확대되면서 민주주의의 형식적인 기초가 확립되었다. 이것은 지주들의 권력 독점이 끝났음을 의미하였다. 중산계급은 자신들의 경제적인 성취를 바탕으로 사회적·정치적인 지위를 점차 상승시켜 나갔다. 하지만 그들의 일상 생활은 청교도적인 규범들—절제와 근면, 세속적 쾌락에 대한 단념과 금욕주의, 사회적인 체면 존중 등으로 묶여 있었다.

상업적인 성공을 바탕으로 형성된 중산계급이 오히려 세속적인 쾌락을 금지하는 것은 매우 역설적인 현상이었다. 결국 이러한 규범과 제약은 가정 생활이나 예의 범절처럼 눈으로 보이는 외면적인 형식에 집착하는 경향으로 나타났으며, 특히 사회적 약자인 여성과 아이들에게 제약이 집중되는 결과를 가져왔다. 실제로 빅토리아 여왕 시대에는, 여성은 순진하다거나 여성은 순결해야 한다, 여성은 순종하고 헌신해야 할 운명을 타고났다, 여성은 지적으로 열등하다는 등의 편견들이 널리 퍼져 있었다.

한편 도시 빈민가의 노동자들의 삶은 극단적인 가난과 고통 속에 방치되어 있었다. 신흥공업지역과 탄광지역의 노동환경은 매우 열악하고 비인간적이었다. 이러한 노동환경 아래 농촌에서 쫓겨나 도시의 빈민으로 몰려든 노동자들, 특히 여자와 아이들이 장시간의 가혹한 노동에 시달렸다. 이들의 삶을 "하수구의 쥐떼들"이라고 비유했던 당대 소설가의 표현은 결코 과장이 아니었다.

1840년대는 극심한 불황과 실업의 만연, 흉년으로 인한 굶주림 때문에 곳곳에서 폭동이 자주 일어났다. 1850년대로 넘어오면서 사회는 어느 정도의 안정을 찾았고 경제적인 번영도 순조롭게 이루어졌다. 비록 노동자들과 도시 빈민들의 가난과 고통이 완전히 사라진 것은 아니었지만 극단적인 굶주림과 살인적인 노동은 면할 수 있게 되었다. 곡물법이 폐지되고, 미성년자의 노동을 금지하는 공장법이 국회에서 통과되었으며, 2차 선거법 개정(1867)으로 노동계급 거주지역에까지 투표권을 확대하였다. 이와 함께 노동자들은 점차 노동조합의 발전을 통해 하나의 정치세력으로 결집해 나갔다.

《이상한 나라의 앨리스》는 이러한 문학적·사상적 기반과 시대적인 배경 속에서 탄생하였다.

3. 《이상한 나라의 앨리스》 바로 읽기

(1) 앨리스의 성격 분석

《이상한 나라의 앨리스》에는 여러 종류의 흥미로운 인물과 동물들이 등장한다. 그 중에서 가장 매력적이고 흥미로운 인물은 단연 앨리스이다. 앨리스는 지루한 것을 참지 못하고, 남에게 명령받는 것을 싫어하며, 호기심이 많고 엉뚱한 소녀이다. 언니와 함께 강둑으로 소풍을 나온 앨리스는 차분하게 책을 읽고 있는 언니와 달리 지루함을 견디지 못한다.

만약 그녀가 지루함을 견딜 수 있을 만큼 참을성 있는 아이였다면 설령 조끼를 입고 시계를 보며 말을 하는 토끼를 만났다 하더라도 그 뒤를 쫓아가지 않았을지 모른다. 게다가 앨리스는 토끼굴에 떨어진 뒤 키가 커졌다 작아지기를 반복해서 두렵기도 했지만 마음 한편으로는 매일매일 계속되는 지루한 생활이 너무도 지겹고 따분했던 까닭에 놀랍고 신비한 일이 일어나기를 은근히 기대하기까지 한다.

이것은 앨리스가 천성적으로 호기심이 많고 엉뚱한 아이라는 것을 말해준다. 그녀는 갑자기 깊이를 알 수 없는 지하 동굴로 떨어지는 중에도 '이대로 가면 지구 반대편으로 떨어질까' '그곳은 어디일까' '그곳의 사람들은 거꾸로 서서 걸어다니겠지' '고양이가 박쥐를 잡아먹을까' 와 같은 엉뚱한 생각을 계속한다. 그리고 과자를 먹고 키가 너무 커지자 '양말과 신발을 어떻게 신을까' 를 고민하다가 '발에게 소포를 보내는 거야. 하지만 주소를 어떻게 써야 하지' 라며 엉뚱한 걱정을 한다. 앨리스의 이러한 성격은, 전혀 예기치 못한 곳에서 낯선 동물들을 만나고 갑작스런 어려움에 빠지게 되더라도, 이야기의 전체적인 성격을 밝고 힘차게 만드는 이유가 된다. 또한 그것은 시대와 지역을 막론하고 그녀 또래의 아이들이라면 누구나 가지고 있는 성격이었기 때문에 앨리스의 이야기가 쉽게 공감을 얻을 수 있었던 바탕이 되었다.

그런데 앨리스가 남에게 명령받기를 싫어하는 것은 조금 다른 성질의 문제이다. 앨리스는 예의가 바르고 잘 교육받은 소녀이다. 그녀는 처음 만난 동물과 인물들이 화를 잘 내고 성격이 급하며 자신에게 퉁명스럽게 굴었지만 그들에게 예의를 갖추기 위해 매우 노력한다. 토끼와 쐐기벌레를 "Sir(선생님)"이라고 호칭하며 쥐를 "Mouse Dear(쥐님)"으로 부르고 여왕과 공작부인에게도 정중하게 대한다. 이러한 사실은 앨리스가 빅토리아 여왕 시대의 중산계급에서 이루어지던 예의 범절 교육을 제대로 받은 여자아이임을 보여준다.

그러나 앨리스는 자신을 하녀로 착각한 토끼가 부채와 장갑을 찾아오라고 시킬 때, 여왕이 억지 트집을 잡아서 호통치며 사형을 명령할 때, 공작부인이 얼토당토않은 이야기를 늘어놓을 때와 같이 부당한 명령과 권위에 대해서는 심하게 반발한다. 이것은 당대 사회가 지향했던 '착하고 얌전한 아이들'의 모습을 과감하게 벗어나는 행동이었다. 이러한 앨리스의 모습을 통해 작가인 루이스 캐럴은 당대의 형식적인 예의범절 교육보다 자신의 의견을 당당하게 주장하는 주체적인 어린이의 모습을 보여주려고 의도하였다.

흥미로운 것은 앨리스가 자신의 정체성(Identity)에 대해서 여러 차례에 걸쳐 고민하고 있는 부분이다. 자신의 키가 커졌다 작아지기를 반복하자 앨리스는 '혹시 내가 딴 사람이 되었나' '내가 누구인가'를 심각하게 고민한다. 친구들과 자신을 비교해 보고, 학교에서 배운 것들을 기억해 내려고 애쓰며, 평소에 즐겨 부르던 노래와 이야기들을 떠올려 보기도 한다. 그러나 아무 것도 제대로 기억해낼 수 없게 되자 혼란에 빠진다.

쐐기벌레가 '너는 누구냐'라고 물었을 때 앨리스는 더욱 혼란에 빠져서 '나는 나를 설명할 수 없어요 I can't explain myself' '당신이 보고 있는 것(나의 몸 ; 인용자 주)은 나 자신이 아니에요 I'm not myself, you see'라고 대답한다. 그러나 모자장수가 낸 수수께끼에 대해서 '내가 말하고 있는 것은 내가 생각한 것이다 I mean what I say'라고 주장할 때쯤이면 수시로 변하는 외모에 상관없이 존재하고 있는 자신의 본질을 발견한 듯이 보인다. 이것은 매우 철학적인 질문과 대답이자 사회적인 의미를 내포하고 있는 대답이다.

작가는 이러한 질문과 대답을 통해 인간의 본질이 쉽게 변화될 수 있는 외형이 아니라 변하지 않는 내면에 있다는 점을 자연스럽게 이해하도록 만든다. 또한 실제로 나이 어린 독자들 역시 앨리스의 몸이 커지든 작아지든 그녀의 본질이 변하지 않았음을 누구나 알고 있다.

《이상한 나라의 앨리스》에는 이외에도 여러 가지 인물과 동물들이 등장한다. 앨리스를 동굴까지 오게 한 토끼, 쥐, 쐐기벌레, 비둘기, 공작부인과 하녀, 웃는 고양이, 모자장수, 여왕과 왕, 그리핀과 바다거북, 잭 등등. 이들은 대부분 화를 잘 내거나 성격이 급하고 퉁명스러우며, 시종일관 중요하지 않은 얘기를 늘어놓거나 억지 주장을 내세우며, 이해할 수 없는 행동들을 한다. 한 마디로 앨리스의 '이상한 나라(wonderland)'에는 부정적인 인물형으로 가득 차 있다. 그들의 이상한 말과 행동으로 인해 앨리스는 당황하거나 혼란을 느끼며 곤경에 처하기도 한다. 또한 그녀는 만나는 모든 이에게 말을 걸지만 누구와도 진지하게 대화를 나눌 수가 없다. 이것은 어쩌면 앨리스가 현재와 미래를 살아가면서 겪게 될 세상사를 미리 예시하고 있는 것은 아닐까.

작가인 루이스 캐럴은, 어떤 곤란한 상황에 부딪치더라도 가장 중요한 것은 자신의 판단을 믿고 당당하게 행동하는 데 있다는 사실을 은연중에 앨리스에게 말해주고 싶었던 것인지도 모른다.

(2) 구전(口傳) 문학의 응용

《이상한 나라의 앨리스》는 이야기의 곳곳에서 아이들이 좋아하는 말놀이와 동요, 속담 등을 다양하게 응용하고 있다. 이것은 앨리스의 이야기가 아이들로부터 강력한 지지와 인기를 끌었던 중요한 이유로 작용하였다. 예를 들어보면, 쥐가 '그 이야기(the tale)는 아주 길고 슬프다'고 말하자 앨리스가 '그런데 그 꼬리 (the tail)는 왜 슬퍼 보이지?'라고 되묻는 부분, 앨리스에게 아기 돼지 이야기를 하니까 고양이가 '돼지(pig)'인지 '무화과(fig)'인 지 다시 물어보는 대목, 그리고 가짜 바다거북이가 자신의 학교 생활을 말하면서 '수업(lesson)이 첫날은 10시간, 둘째날은 9시간 식으로 줄어든다(lessen)'라고 말하는 등등 동음이의어(同音異議 語)를 이용한 말놀이를 재치 있게 응용하고 있다. 이외에도 '체셔 주의 고양이는 잘 웃는다' '3월의 토끼와 모자 장수는 미쳤다' 같은 영국의 속담도 이야기의 중요한 모티브가 되고 있다.

그리고 당대의 아이들이 즐겨 부르던 동요나 동시들이 인용되 기도 하는데, 노랫말이나 동시에 약간의 변형을 주어 더욱 흥미를 돋우고 있다. 유명한 동요인 〈작은 별〉의 시작을 "반짝 반짝 작은 별 Twinkle, twinkle, little star"에서 "반짝 반짝 작은 박쥐 Twinkle, twinkle, little bat"로 바꾸면서 노랫말을 전체적으로 변 형시킨 것이 대표적인 예이다. 공작부인이 아기 돼지를 재우기 위 해 부르는 엉터리 자장가도 당시 널리 퍼져 있던 노래를 변형시 킨 것이다.

이야기의 마지막 부분인 재판 장면에서도 아이들이 즐겨 부르 는 노랫말이 문제의 발단이 되었다. 즉 아이들 사이에서 특별한 의미 없이 불리던 "하트의 여왕은 어느 여름날, 하루 종일 걸려 파이를 만들었다 : 하트의 잭이 그것을 훔쳐 어디론가 사라졌다 The Queen of Hearts, she made some tarts, All on a summer day : The Knave of Hearts, he stole those tarts, And took them quite away!"라는 동요를 문제삼아 여왕이 하 트의 잭을 재판하는 엉뚱한 일이 벌어진 것이다. 속편으로 출판된

《앨리스의 거울 속 여행》에서도 잘 알려진 동요 〈험프티 덤프티 (Humpty Dumpty, 한번 넘어지면 일어나지 못하는 사람이나 물건을 일컫는 단어)〉가 이야기의 중요한 등장인물로 나온다.

동요 외에도 《이상한 나라의 앨리스》에는 영국의 계관시인 로버트 사우디(Robert Southey, 1774~1843. 낭만주의 시인, 산문작가)가 쓴 시 〈노인의 위로〉와 이삭 와츠(Issac Watts, 1674~1748. 목사, 찬송가 작곡가, 시인)의 시 〈나태〉를 패러디한 시 〈아버지, 당신은 늙었어요〉와 〈게으름뱅이의 노래〉가 인용되고 있다.

이처럼 앨리스의 이야기는 당대의 아이들에게 구전되고 있던 속담, 동요, 수수께끼, 말놀이 등을 다양하게 응용하고 있다. 구전 문학은 동일한 언어와 문화권 안에서 오래 전부터 입에서 입으로 전해져 내려온 것이 특징이다. 따라서 같은 언어와 문화권에 속하지 않은 사람들에게 그것은 큰 의미를 지니지 못하는 경우가 많다. 앨리스의 이야기에 응용된 구전 문학도 영국을 중심으로 한 언어와 문화권의 사람들에게는 의미심장하게 느껴지겠지만, 언어와 문화가 다른 독자들에게는 특별한 흥미를 불러일으키지 못하는 것이 사실이다. 다만, 당시 아이들이 즐겨하던 놀이와 흥미에 눈 높이를 맞추면서 앨리스의 이야기를 만들어 낸 작가의 태도에서는 배울 점이 적지 않다.

(3) 사회 풍자적인 의미

《이상한 나라의 앨리스》는 동화이다. 너무나 당연한 말이지만 동화는 동화로서 재미있게 읽으면 된다. 그 이상의 무엇을 찾는 일은 작가의 의도를 넘어서는 과도한 의미 부여가 될 수도 있다.

앨리스의 이야기가 내포하고 있는 사회 풍자적인 의미를 살펴보는 것에도 다분히 그럴 위험이 있다. 그러나 작가인 루이스 캐럴이 전문적인 동화작가가 아니라 옥스퍼드 대학의 교수이자 사목(司牧)이며 수학자였다는 점, 또한 당시의 대학과 종교계에 대해 일정하게 비판적인 시각을 갖고 있었다는 점에 착안하여 《이상한 나라의 앨리스》가 지닌 사회 풍자적인 의미를 찾아보고자 한다.

먼저 주목하게 되는 것이 교육문제이다. 앨리스는 착실한 학생이다. 자신이 누구인지 의심스러울 때마다 학교에서 배운 내용을 기억해내려고 애쓰는 것을 보아도 알 수 있다. 그런데 그녀는 아무 것도 제대로 기억하지 못한다. 그것은 어쩌면 학교의 교육방법이 잘못되었기 때문은 아닐까. 이러한 의구심을 뒷받침해 주는 몇 가지 실마리가 있다.

첫 번째, 물에 빠졌던 쥐가 늘어놓는 복잡하고 지루하고 내용을 알 수 없는 역사 이야기이다. 말하는 자신도 듣는 이들도 아무런 흥미를 느끼지 못하지만, 쥐는 마치 학교의 선생님처럼 권위에 가득 차서 역사 이야기를 계속 해나가려고 한다. 이에 반해 도도 새가 제안한 코커스 경기는 모든 이들을 즐겁게 하였다. 복잡한 경기 규칙도 없으며, 경기가 끝난 뒤 모두 우승자가 되어 상을 주고받는 것에서 앨리스는 잠시 당황했지만 이내 깊은 감동을 받는다.

두 번째는 가짜 바다거북의 학교 이야기이다. 가짜 바다거북은 학교에서 프랑스 어와 피아노, 세탁 방법을 비롯하여 비틀거리기, 거꾸로 서기, 욕심내기, 어지럽히기, 미워지기, 웃음거리 되기, 멋부리기, 늘이기, 기절하기 등을 배웠다고 말한다. 이것은 읽기, 쓰기, 더하기, 빼기, 나눗셈, 역사, 지리, 미술, 무용, 체조 등을 비슷한 발음으로 우스꽝스럽게 말한 것이다(예를 들면, 읽기(reading)

를 비틀거리기(reeling)로 말함). 그렇지만 겉으로는 동음이의어의 재미를 활용하면서 실제로는 당시 학교의 교과과정과 여자아이들이 가정교사를 통해 받게 되는 예절교육을 신랄하게 비판한 것임을 짐작할 수 있다.

다음으로 문제되는 것이 귀족들의 생활방식에 대한 것이다. 공작부인이 그 대표적인 예이다. 집에서 그녀는 아이를 제대로 돌보지 않으며, 하녀가 마구 덤벼드는 것을 막지 못한다. 그리고 여왕 앞에서는 겁에 질려 쩔쩔매고 어린 앨리스에게는 의미 없는 이야기를 늘어놓는다. 자기 의견은 없이 남의 말을 모두 옳다고 받아들이며, 아무 이야기에서든 교훈거리를 찾아내려고 애쓴다. 하지만 그녀는 여왕의 사형 명령으로부터 자신을 조금도 보호하지 못한다. 이러한 공작 부인의 형상은, 과장된 측면이 있지만, 빅토리아 여왕 시대의 중산계급 여성들이 지닌 부정적인 면을 일정하게 드러내고 있다.

공작부인의 집에 가득 차있던 후춧가루도 하나의 사회적 풍자에 해당한다. 원산지가 인도인 후추는 기원전 4세기경에 유럽으로 전해졌다. 이후 음식의 맛을 내는 향신료로 각광받았으며 장수(長壽)의 묘약으로 믿어져서 금이나 은보다 비싼 값에 팔렸다. 그러니까 당시에 후춧가루를 많이 사용하는 것은 부와 권력의 상징이었던 것이다. 하지만 모든 사람이 끊임없이 재채기를 하면서도 후춧가루를 마구 뿌려대는 장면은 매우 아이러닉하다.

그리고 저녁 여섯시면 어김없이 벌어지는 티 파티(Tea-party)도 문제가 된다. 모자장수와 3월의 토끼와 쥐가 벌이는 티 파티에는 이치에 닿지 않는 이야기와 수수께끼와 논쟁만 가득하다. 그럼에도 불구하고 그들은 세상에서 가장 중요한 일인 양 매일매일

티 파티를 계속한다. 이 모티브에서 당시 귀족들의 빠질 수 없는 중요한 일과였던 티 파티를 손쉽게 연상할 수 있으며, 또한 그것에 대한 비판도 읽을 수 있다.

사소하지만 앨리스가 자신의 알을 탐내는 뱀이라고 믿었던 비둘기의 삼단논법도 눈여겨볼 만하다. 비둘기는 앨리스를 뱀이라고 주장하지만 앨리스는 자신이 여자아이라고 주장한다. 양쪽의 주장이 팽팽히 맞서다가 앨리스가 달걀을 먹어본 적이 있다고 말하는 순간 비둘기는 자신의 말이 옳다는 것을 확신한다. 비둘기의 논리는 다음과 같은 삼단논법을 충실히 따르고 있다. '뱀은 달걀을 먹는다→여자아이도 달걀을 먹는다→그러므로 여자아이는 뱀이다(적어도 뱀의 일종이다).' 당시 논리학에서 가장 중시했던 것이 삼단논법이었음을 기억한다면 비둘기의 모티브가 지닌 의미를 충분히 짐작할 수 있을 것이다.

끝으로 당대의 독자와 비평가들 사이에서 가장 논란이 되었던 여왕의 의미를 살펴보자. 《이상한 나라의 앨리스》에는 카드놀이에서 사용하는 하트의 여왕(the Queen of Hearts)이 나오고, 《앨리스의 거울 속 여행》에서는 체스 경기의 빨간 여왕이 등장한다. 루이스 캐럴은 이 여왕들이 리델 학장의 세 자매를 가르치는 가정교사 프리킷 양을 빗대서 표현한 것이라고 말하였다. 엄격하게 예절교육을 시키고 있던 프리킷 양은 세 자매로부터 '프릭스(Pricks, 가시가 돋쳐 있다는 뜻)'라는 별명으로 불렸다고 한다. 그러나 작가 자신이 의도하지 않았더라도, 모든 이들을 향해 쉴새 없이 '목을 쳐'고 외쳐대는 신경질적이고 참을성 없는 여왕의 형상이 당대 사회에 대한 풍자로 읽혔을 가능성은 매우 높다.

앞서 살펴보았듯이 빅토리아 여왕 시대는 과거에 비해 놀라운 발전을 이룩하였으며 점차적으로 민주적인 정치체제를 확대해 나갔다. 그러나 급격한 변화로 인해 사회적인 분위기는 불안정하였고, 빈부의 격차가 심화됨에 따라 경제적·정치적으로 소외된 계층들의 불만이 쌓여 있었다. 점차 기울어지고 있는 대영제국의 위상을 세계적으로 드높이는 일도 빅토리아 여왕이 해결해야 할 중요한 과제였다. 이러한 상황에서 누적된 사회 문제와 비판들이 빅토리아 여왕에게 집중되었다. 여왕도 개인적인 친분과 감정 상태에 따라 정치적인 문제를 처리하는 등 비이성적인 면모를 보여주었다. 이러한 이유들로 인해 앨리스의 이야기에 나타난 여왕의 형상―소리치고, 화내고, 명령하고, 고집이 세고, 비이성적인 모습이 당대의 빅토리아 여왕을 떠올리게 했던 측면이 분명히 있었다.

(4) 남은 말

이상으로 앨리스의 이야기가 지닌 사회 풍자적인 의미를 살펴보았다. 하지만 이러한 의미에도 불구하고 《이상한 나라의 앨리스》는 동화임에 분명하다. 그리고 앨리스의 이야기는, 소년이 아니라, 소녀가 주인공인 소녀들을 위한 동화이다. 일반적으로 소년을 위한 동화는 특정한 임무를 수행하기 위해 모험을 떠나서 여러 가지의 역경을 헤치고 임무를 완수한 뒤 목적지에 도달하는 것으로 끝이 난다. 따라서 소년을 위한 동화에서 시간은 직선적이며 열려있으며 확장되는 것이 특징이다.

반면 소녀를 위한 동화에서 시간은 순환적·자기 회귀적인 닫힌 시간이다. 즉 소녀를 위한 동화의 결말은 주인공이 처음 출발했던 시간과 공간으로 되돌아오는 것으로 마무리된다. 이것은 소년을 위한 동화가 외적 계기에 의해 시작되며 육체적인 성숙을 지향하고 있는 것과 달리, 소녀를 위한 동화는 내적인 동기가 이야기의 바탕이 되며 정신적인 성숙을 지향하고 있음을 의미한다. 실제로 처음의 시간과 공간으로 되돌아온 소녀는 비록 겉모습이 변하지 않았더라도 이미 충분하게 내적 성숙을 이룬 상태이다.

《이상한 나라의 앨리스》도 이야기가 시작되었던 처음의 공간으로 돌아오면서 끝이 난다. 앨리스는 자신을 부르는 언니의 목소리에 잠을 깬다. 그리고 지금까지의 모험이 실상은 잠깐의 낮잠에서 꾸었던 꿈인 것을 알아차린다. 앨리스는 언니에게 꿈속에서 겪은 이상한 나라의 모험을 이야기해 준 뒤 평소와 다름없는 행동으로 집을 향해 뛰어간다. 그러나 모험을 끝내고 돌아온 그녀의 내면은 어느새 눈에 보이지 않는 성숙을 시작하였을 것이다. 그 사실을 알고 있는 것일까. 앨리스의 언니는 그녀의 뒷모습을 눈으로 쫓으며 앨리스가 어른이 되어서도 어린 시절의 천진함을 잃지 않고 계속하여 꿈과 상상의 세계를 간직하기를 기원한다.

루이스 캐럴 연보

1832년 1월 27일 영국의 체셔 주의 데어스베리의 목사관에서 7
　　　　 남 4녀의 셋째이자 장남으로 태어남.
1844년(12세) 요크셔의 리치먼드 스쿨 입학.
1845년(13세) 리치먼드 스쿨 졸업.
1846년(14세) 럭비 고등학교 입학. 이때부터 시와 소설의 창작에
　　　　 몰두.
1850년(18세) 럭비 고등학교를 졸업한 뒤 약 1년 동안 아버지로
　　　　 부터 개인 교습을 받으면서 옥스퍼드 대학의 크라이스
　　　　 트 처치 칼리지의 입학 허가를 받음.
1851년(19세) 1월 24일 학부생으로 옥스퍼드 대학의 크라이스트
　　　　 처치 칼리지에 들어감.
1852년(20세) 수학과 고전 과목에서 두각을 나타냈으며, 장학생
　　　　 으로 선발됨.
1854년(22세) 수학 졸업시험에서 1등을 했으며, 12월에 크라이스
　　　　 트 처치 칼리지를 수석으로 졸업.
1855년(23세) 다른 대학의 특별 연구원에 해당하는 상급생으로
　　　　 진학.

1856년(24세) 3월, 시 〈고독 Solitude〉 발표. 루이스 캐럴이라는 필명을 처음으로 사용.

1861년(29세) 영국 국교회의 부목사의 자격을 얻음.

1862년(30세) 7월 4일 템스 강으로 소풍을 가서 앨리스를 주인공으로 한 모험 이야기를 크라이스트 처치의 학장의 세 딸들에게 들려줌.

1865년(33세) 《이상한 나라의 앨리스》 출판.

1872년(40세) 《이상한 나라의 앨리스》의 속편인 《앨리스의 거울 속 여행》 출판. 수준높은 넌센스 문학으로 알려진 《스나크 사냥 The Hunting of the Snark》 출간.

1874년(42세) 대학문제를 해학적으로 다룬 《한 옥스퍼드 젊은이의 비망록 Notes by an Oxford Chiel》 출간.

1879년(47세) 본명인 찰스 L. 도지슨으로 수학 저서 《유클리드와 현대의 맞수들 Euclid and His Modern Rivals》 출간.

1889년(57세) 앨리스 이야기와 비슷한 작품을 시도, 《실비와 브루노 Sylvie and Bruno》를 씀.

1893년(61세) 《실비와 브루노 완결편 Sylvie and Bruno Concluded》을 씀. '영문학에서 가장 흥미있는 실패작'으로 불림.

1898년(66세) 1월 14일 사망.

Hye Won World Best